令《うるわ》しく平和に生きるために

中西 進

潮新書
024

潮出版社

まえがき

わたしはいま、文学館の館長を勤めている。いや、じつはこれが三度目の館長で、第一回目の館長から数えると、三〇年も文学館の館長を勤めたことになる。

さぞかし文学館の展示の方法にも、熟達しただろうと思われるかもしれないが、さて文学という読物を展示するのは、とても難しい。作家の生涯をパネルにして遺品を並べてみて、はたして文学を展示したことになるだろうか。これでは文学を見せることには、到底ならない。

そこで三〇年経って、やっと一つの確信のようなものが把《つか》めた。それは「感動」を展示する、ということだった。展示すべき作家の作品を、担当者が徹底的に読んで、作品に感動する。その感動を集約して来館者に見せる――その方法しか、「文学館」の展示にはない、と感じたのである。

翻《ひるがえ》ってわたしたちが生きていく間に、もっとも充実した命を味わい、生きることの素晴らしさを味わうのは、すぐれた音楽を聴いたりみごとな絵画と出逢いまた、心も奪われるような文学を見つめる時ではないか。

どうやら右に述べた文学のエキスの抽出とその伝達は、このような芸術との出逢いの中に経験することが多い。しかし、こんな豪華な感動は、何も芸術だけがもたらしてくれるものではあるまい。われわれが努力すればどんな些細な事柄からでも、ごくごくありふれた日常生活の中でも、こちらに受信力さえあれば、いくらでも感受できるはずだ。

そう思った時から、わたしは常に、つとめて、感動したいと思うようになった。あの、感動を受けた時の心の高鳴りを、心音の鼓動を、聴きとめようとして、じっと耳をすませるようになった。

そしてこの体験を通して聴こえてきた事柄を文章に綴ることとした。すなわち月刊誌『潮』に二〇一六年一月から連載してきたシリーズ「こころを聴く」がそれだ。「こころを聴く」など、舌足らずだったかもしれないが、わが胸に波だつこころの鼓動を聴きとめたいと願い、自分なりに聴こえてきたものを、書き綴ってきた。これが二〇一九年六月で四二回になった。

この書物はそれをひとまずとりまとめ、先立って同誌に書いた文章若干をつけ加えたものだが、さてその折が、ちょうど元号の改まる時と一致した。二〇一九年五月一日から、令和の時代が始まることとなったのだった。

平成の時代を終えるに当たって、天皇が平成の三〇年に戦争がなかったことを振り返って仰《おっしゃ》ったことは、わたしに衝撃をあたえた。陛下の悲願だったことが、改めて鮮烈に心に刻み込まれた。

令和が、この平成の上に築かれていくべきことは、言を俟《ま》たないだろう。昭和と名乗りながら戦争の大惨劇に終わってしまった和を、平成の後に今度こそしっかり基盤として、「令」たる平和を築くことが令和の理想となるだろう。

令和とは、令《うるわ》しく平和に生きることと、了解してよいだろう。令とは礼節や規律をみずから保有した、気品ある美を表す字だといってよい。辞書的に「令」を見ると、千年以上前の中国の辞書にも「善」とひとしい内容の字とされている。わたしの考えでは、中国、周の国の聖人孔子《こうし》が、最高の価値としたものが「善」であった。「善」

とは「美」と「言」との合字である。

中国は徹底してロゴスの国である。わたしは儒学という学問をきわめて先駆的で精緻な発展をとげた社会学だと思うが、孔子はそれを言語ないしは文字によって、みごとに構築した。その聖典を『論語』というほどに、中国はみごとな論理の国であり、だからこそ、儒学の最高の理念も「美しき言語」なのである。

「令」はこれとひとしい格をあたえられた内容をもつ。

ちなみに「令」は日本にも輸入され、日本の教養人には用いられたが、ただこの字に相当する伝統的な日本語――やまとことばは、ついに見つからずじまいで、今日まできた。

すなわち「令」は熟語として令門、令室、令息などと用いられるだけであった。それなりに屹立《きつりつ》した高等性をもつ文字として日本人に受け入れられたのであった。

しかしわたしは「令」に似つかわしい日本語が「うるわしい」だと考える。気品ある端整な美を示す日本語が「うるわしい」だからだ。

そうなると令和には、そうそういい加減な平和は該当しない。毅然として守られる、高らかに賛美されるべき平和であろう。わたしは、たとえばノーベル賞に推す動きすら見られる、現在の日本国憲法こそ、令和というべき平和を主唱するものと、いってもよいのではないかと思う。

少くとも、絶対にあの戦争の惨禍《さんか》をくり返すことは、あってはならない。国民の命と財産を守るためといって戦争して、三〇〇万人の国民の命を奪ったのが、残念ながら先の戦争だった。

過失であったろうその轍《わだち》を、好んで踏むものはもちろんいるはずがない。わたしたちが令しく平和に生きることを、誰しもが晴れやかに平和に生きることを、願いながら、この筆を擱《お》くことにしよう。

なお連載から単行本の完成まで、すべて川畑由貴子さんに大変お世話になった。心から御礼申し上げたい。

令和元年五月

著者

令しく平和に生きるために●目次

第二章　未来に伝える「日本人のこころ」

第三章　創造者になろう

第四章　令しく平和に生きるために

第一章

日本人のこころと現代

原点

新春という一年の出発の日を迎えると、人生にも同じような出発の時がいくつかあることに気づく。誕生はもとより入学、就職、結婚、退職など、それぞれにともなって、その後の人生への出発があるだろう。

わたしの社会への出発を考えても、その感が深い。

わたしは大学を卒業して大学院に進学したので、同時に東京都立の夜間高校の教師になった。

といっても、この定時制高校は全体で四クラス。教職員も数人という小さな分校が小学校の教室を借りて、夜間にだけ開かれた。

すぐ近くに自動車工場があったから、生徒には中学卒業の工員たちがたくさんいた。

戦後八年、不足した都会の労働力を補う国策によって、勉強の夢を賃金にかえた若者が、遠く親元を離れて東京へと誘われて来たのである。

いや生徒はそればかりではない。近所に住みながらいままで高校へ進めなかった中小企業の工員もいた。だから中には、自分が働いて弟や妹を高校にやり、その後で自分も高校へ来たという若者もいたし、すでに子どもの教育も終えたという初老の母親も生徒だった。

こうした人たちにとって、小学生の机や椅子は、何としても背丈に合わない。彼らは日ごろ、体をまげて机に向かい、テストの時など解答に熱中し始めると、体の大きい若者などどさりと椅子をはねのけ、床に座り込んで答案と格闘した。

もちろん暖房も冷房もない。それどころか教室に数本ぶら下がっている吊り電球は、どの教室でも必ず一つか二つ、点《つ》かない物があった。すると彼らは点いている灯りの下に集まって座った。黙々とまるで蛾《が》のように。

にもかかわらず灯《ひ》ともしごろになると、彼らは嬉々として登校してきた。その服はいつも油と泥で汚れていた。

学ぶことが彼らにとってどんなに嬉しかったか。彼らはそれを体じゅうに表して、ひたむきな眼差しをわたしに向けてきた。

しかし生徒は、いつか少しずつ減っていった。

長く欠席の続く生徒に、ある日ぱったり出会ったことがあった。と、彼は肩から重い荷を抱えて道を急いでいた。新聞の夕刊配達をしているのである。

欠席がちになるままに調べてみて、彼が海苔《のり》をとる家業に従っていることが解っていた。それだけでは生活ができなくなったのだと、とっさに判断できた。

海苔をとるために真冬の海に手を入れることがどんなに辛いかは、職員の中でも話題にのぼっていたが、その上になお、朝夕の新聞配達で、彼はへとへとに疲れているに違いない。

配達の足をとめた彼に、少しでも学校へ来なさいと言うと、彼は大きく目を見張りながら、じっとわたしを見つめた。

そして何も言わずに、足早に面前から去っていった。だのに彼の言いたかったことが全部解ってしまって、わたしは後でぽろぽろと涙をこぼした。

情けないことに、この夜学教師の経験は一年で頓挫《とんざ》した。大学院の論文執筆が追いつかなくなったので辞めてしまったのだが、以後の五〇年を超える教師生活の原点がここにあることを、わたしはいつも誇り高く、切なく思い出している。

これは東京都の大田区、森ヶ崎という海辺での若き日の思い出である。

起き上がらず小法師

起き上がり小法師《こぼし》という達磨《だるま》のおもちゃがある。大きくは選挙の必勝大達磨から、小さくは机上を転がる小法師まで、姿・形はさまざまだが、要するにいくら突《つっ》いても、倒そうとしても、ゆらゆら揺れながら、必ず起き上がってくるところに特徴がある。

だから縁起物でわたしも若い人を励ますのに、よく贈ったりする。やがて大願成就して「お蔭で両目を入れることができました」と便りがくるととてもうれしい。

もちろん近ごろは達磨タイプだけではなく、さまざまなデザインの小法師があって、わたしがいま机上で戯《たわむ》れている物は底に「会津野泥」と記された起姫《おきひめ》である。何度倒しても、にこにこ笑いながら起き上がってくる。

最近もさる所で、起き上がり小法師を一つ求めた。さんざん負け戦を経験しながら、最後にはついに天下人となった徳川家康《とくがわいえやす》公にちなんだ起き上がり小法師だとか。たしかに転々とした人質生活の後にも信長《のぶなが》の朝倉攻めに加わりながら戦況の急変によって、岡崎へ軍を撤退させた家康。また三方ヶ原の武田信玄《たけだしんげん》との戦の大敗や、例の本能寺の変による窮地を脱して、辛うじて岡崎へ帰った伊賀越えなど、家康は危うく危機を脱し続けて、最後の栄冠をかちとった。

七転び八起き。家康は起き上がり小法師に喩えることのできる大成功者である。

ところが、である。この小法師、時として倒れたまま、起き上がってくれない。きっと重心の入れ方が不手際だったのだろう。

倒れたままの横顔は泣き出しそうに見える。

天下の家康公が時として起き上がれないのでは困る。縁起でもない。この小法師は求めた所へ返して、完全な物に換えたほうがよいのだろう。

しかし、おもしろがって何度も倒しているうちに、起き上がれないのは、左から倒そうとした時だと気づいた。前や右から倒してみても、元気に立ち直って倒れっぱなしにはならない。さては、家康は左からの攻撃（当人にとっては右の防備）に弱かったのか！　と思ってみると、何と愉快なことか。

わたしの勝手な思いつきにしても、そう思うと急に家康小法師に、人情味が出てきた。倒れたまんまの家康に、三方ヶ原の後は、こんな顔をしていたのかなァなどと思ってみると、本当にそう思えてくる。

わたしはこの起き上がらず小法師を、返品しないことにした。

そもそも七転び八起きとは、考えてみればおかしい。七回転べば七回起き上がるはずで、転びもしない一回分は、どうすれば起き上がれるのか。大変な難問で、アインシュタインにでも解いてもらわなければ、わたしには解答できない。

とすればこの諺《ことわざ》は七プラス一という数字合わせをしているだけの他愛ないものになりかねない。

だからこの諺が魔法のように力をもって、やみくもに人びとを激励するとなると、それは正しくない。七転び七起き――転びっぱなしではいけませんといったていどの励ましのほうが、よほど現実味があろう。

家康も七起きをこそ人生訓としたのではないか。その努力の結果、たまたまもう一つの飛躍があたえられて、ついに天下人となったと考えるほうが真実には近いはずだ。

もちろん家康は、七起きはしないといけない。右の防備を固めないと倒れっぱなしになる。いや人間はみんな同じで、誰にでも欠点がある。だからそれぞれの欠点に気づき、その欠点を補おうと努力することこそ、もっとも人間らしい、美しい生き方だと、わたしは思う。

もう一つ、たまたま好運にめぐり合えるに越したことはないが、それは努力の外においておくほうがよい。

たらちねの母

母が亡くなってから、そろそろ三〇年になる。

しかし未だに、わたしは母に頭が上がらない。つくづく、「たらちねの母」だったと思う。

思い出すのも恥ずかしいが、こんなことがあった。

小学校の低学年のころではなかったか、ある朝、学校へ行きたくなかった。わたしは床を離れると、母親のところへ行った。

「お母さん、ボクお腹が痛い」

事実、幼いころにわたしはよくお腹をこわした。神経質な少年だったのだろうか。

「あら大変ね。下痢しているの」

「うん」——と、これはウソであったが、

「じゃ、寝ていなさい」

事は成功したのである。

ところが、その後がよくなかった。昼ごろになると母は、

「お昼、何かとりましょうか。お寿司がいいかな」

もちろん異論はない。

「うん、うん、そうして」

「そうだね」

ほどなく寿司屋の出前がきた。わたしは奪うように折を受け取って、パクパク食べた。

と、母がわたしをニコニコと見ているではないか。時すでに遅し。仮病はたちまちにばれてしまっていたのである。

またこんなこともあった。そろそろ戦況が悪化して、町の店先からは、どんどん品物が消えていった。

そんな中で、学校へ通う途中のとある菓子屋で、ウィンドウの中に羊羹《ようかん》が並んでいるではないか。

「ねぇねぇ、途中の店で羊羹売ってるよ。ボク買ってくるよ」

「……じゃ、そうして」

母は代金を渡してくれた。

早速翌日買ってきたが、すぐ食べたくて仕方ない。そこで母親に渡す前に、こっそり前後左右を細く切って食べてしまった。そして何食わぬ顔をして、母親に羊羹を渡した。

ところが母親は羊羹を包みから取り出しながら、ニコニコと笑顔で言った。

「この羊羹、切り方が曲がっているね」

わたしはモジモジしているしかなかった。

こんな時に猛烈に怒りながら、仮病やツマミ食いを責める母親もいるだろう。しかし何もしないし、言いもしない母親が何と恐ろしかったことか。すべてたちまち見通されてしまう。しかし笑っている母親に、わたしは完全に脱帽するしかなかった。

近ごろは子どもを産むだけで、育てることもできない母親がいるらしい。育てようとは思うらしいが、本気になって子どもと喧嘩する未熟な母親もいる。

その反対に昔の母親は、ことば少なくたっぷりとした愛の力をもって子育てをしてくれた。本当に大きい愛の力は、ことばなんかを超えているから、行動で深い愛情が示され、その結果、子どもからも尊敬されることとなったのである。

じつは最晩年、母は病院で日々を過ごすこととなった。見舞いに行って「ススムだよ」と言っても、わたしが誰だかすぐには解らない。

わたしの顔を一生懸命撫でまわして、やっと「ススムか?」と言うのである。

もう幼児に戻ってしまって触覚だけの世界にいるのかと思うと、涙を抑えかねたが、考え直してみると母はいつもことばを超えて子どもに接していたように思う。

そして生涯このようにことばを超えて注がれる母の愛を、あふれるばかりに豊かな乳の育児力だと考えたのが、「足ら乳ねの母」という古典のことばであろう。

「ね」は根っこのこと。いつも見せていた母親の笑顔は、盤石の根っこの力である。

日本人はこんな母子関係を、何とか取り戻せないものか。そう遠い昔のことではないのだ。

死を目的とする命

ノーベル賞作家カズオ・イシグロが覗き込む人間の心は、途方もなく深遠である。

わたしをもっとも震撼させるイシグロ作品『わたしを離さないで』（“Never Let Me Go” 早川書房、訳・土屋政雄、二〇〇六年）は臓器提供だけを目的として集められた少年少女が、管理されて成人し、やがて提供を三回も終えるとおのずから死んでいく、その目的に向かって日を過ごす施設を舞台とする。

そんな施設が可能なのも、子どもたちが生まれながらに親を知らない出生をもつからしい。

それにしても、そのような施設は世界のどこにもあり得ないだろう。

要するに舞台はおろか小説全体の枠組みも登場人物も、すべて実形をもっていない。

いや、それでこそ納得できる。小説家はルポライターではない。あり得べくして見えない実体を問う者なのだから。

そもそも人間は、出生について必ず親を必要としながら、親に棄てられたり、成長につれて親から離脱しまた離脱させられる孤独が、常に心に棲《す》んでいる。

この必然的な孤独の黒い隈取《くまど》りこそが、比喩として用いられた施設――ヘールシャムという学園だろう。

そこで、ヘールシャムの子どもたちは、せめて無事に成長して、健全な臓器という生体の一部を他者の肉体につなぐことにしか、血縁の再生はない。しかしその結果、三回ほどの提供を終えて死を迎える宿命を引き受ける。

いや、そんな死が目的とされた命など考えられない、と思う人も多いだろう。しかしたとえば「この柔らかな肌触り」と恍惚《こうこつ》と撫でている財布には二歳児の子牛の革さえ用いられるという。子牛たちは二歳で殺される目的のために誕生させられ育てられ、そして殺される。

もちろん同じ例は子牛に限らず無数にある。

イシグロは、痛烈なアレゴリー（比喩）としてヘールシャムを加害者人間に提出したのだ。

では人間は、この残酷さから救済されることが、あるのか。イシグロは言う。恋愛中の者はこの宿命から除外される、と。

なるほど予定された死は親からの剝離《はくり》という孤独に発するのだから、他人との愛の関係があれば、孤独から脱け出すことができる。

しかもあの「美女と野獣」の物語――老婆に身をやつした魔女の宿泊を断ったばかりに野獣にされてしまった王子が、愛に目覚めることで人間に戻れるというヨーロッパの民話もある。

イシグロは古い物語の愛の筋立てによって、予定調和的な死からの解放を説こうとしたのだろうか。

違う。この小説のタイトルを『わたしを離さないで』と定めた作者には、もう一つ大きな主張があったのではないか。

「わたしを離すな」という題名は、明確に他者の必要を説く。この愛は図式的に死と対立する、「愛《エロス》と死《タナトス》」のようなものではない。

強い連帯を意味する愛だ。これを伝統的な日本語では、「ほだし」とか「きずな」とかと言った。

ちなみに日本を代表する傑作『源氏物語』における愛を語ることばは、もっぱら「ほだし」である（拙著『日本文学と死』新典社、一九八九年）。日系イギリス人のイシグロのこのタイトルは、すこぶる興味深い。

ただし、重大なことがある。ヘールシャム以来の愛を育てた二人が、この例外措置のあることに一縷《いちる》の望みを託して元の教師の許を訪ねたところ、元教師は、そんな制度はそもそもなかったと言う。

こうまで絶望を強いられてしまった人間は、そもそもの根源に向かって叫ぶしかないだろう。「お母さん、わたしを離さないで」と。

「考える人」は醜いか

近ごろはテレビでも雑誌でも、健康番組や特集が大流行である。食材にはこういう物がいいとか、どのような食事法が健康法にかなうとか、誰々さんはこんな運動を心がけているから長寿なのだとか、あげくの果てには、まっすぐな姿勢で寝るのがよいとまで言われる。

はて、わたしなど一旦眠ってしまうと自分がどういう姿勢をとっているのか、まるでわからない。

以前歯医者から「寝ている時の歯ぎしりがすごいでしょう」と言われて困惑したことがある。自分の歯ぎしりを聞きながら寝たり、寝姿を自覚しながら寝る器用な人もいるらしい。

いやいや話がわき道に逸れたが、かくしていまや健康健康、長寿長寿とかしましい時代になった。

それはそれでいいかもしれない。しかしそれだけになっていることも自覚したい。たとえば人間いつも背中をすっと伸ばして座ったり歩いたりするのがよい、そうするとホルモンが体中を快く通って健康が保てる、という。

だから反対に猫背はいけない。なるほど、ノートルダムの男なんて、一向に冴えない。

ところがそう言われた時にわたしが真っ先に思い出したのは、ロダンの彫刻「考える人」だった。背中を丸める彼が不健康の典型だとは。あの美しい広隆寺の弥勒《みろく》さまも、うつむき加減で不健康の代表、ホルモン不足で死がお近いのだろうか。

のみならず、いまや猫背の「考える人」の銅像が町の広場にも舗道にも、日本中にいっぱい溢れている。とにかくこの男は「地獄の門」の一部なのだから、よくぞ日本は地獄像をこうも全国にばらまいたものだ。

こうなると、この醜男《ぶおとこ》のばらまきは、戦前の日本が小学校に薪を背負って歩きながら本を読む二宮金次郎少年をばらまいたのと、そっくりだと気づく。

それでいて、こんな勉強法は目にもよくないとばかりに、戦後一斉に校庭から撤去させられた。

日本は常に常に、同じことをくり返しているのではないか。

勤勉日本が二宮金次郎を氾濫させ、文化日本が「考える人」をそれに替え、今度は健康日本が直立型人間をそれに替えようとしている。現代型は案山子《かかし》人間とでもいっておこうか。

こうして時勢のなかで全国民がどっとどっとと動いて、時代のカラーを作るのは、上等な国なのだろうか。

むしろこうなると国は、危ないのではないか。

勤勉さは「種の保存」のためになくてはならない美徳だ。だから人間は、ことごとく勤勉に生を営む。大切なことだ。

しかしそれは人間にとって営みのすべてではない。

案山子スタイルも素直で誠実。しかも健康な心身を誇る立派な人間であり、これを理想として生きたいと、みんながいつも思っている。

しかしそれが人間性のすべてではない。

反対に傲然《ごうぜん》と肩をいからせている人に、熟成した考えを求めても、得にくい。心の中に考えや感情が成熟していくためには、身をかがめて事柄を胸に抱きかかえ、目を閉じて考えを深めていくのが得策である。

とくに日本人は、この「かがむ」姿勢を大事にしてきた。日本人はとかく目を伏せがちだと非難する人もいるが、踊りも念仏踊りのようにうつむいて踊り、これらがすべて田植えや刈りこむ農作業に原因があるとされる。それほど基本的な姿勢が「かがむ」なのだ。

もちろん、国際性が求められる現代の中で、これがすべてよいわけではない。

しかしいみじくも「考える人」のように思想や感情を抱きしめて熟成させることも必要である。日本人には敗北すら抱きしめる特質があるのだから。

最悪なのは、時流に流されてしまうことだ。自由な屈伸力がほしい。

AIモスラ

最近はAI（人工知能）旋風があちこちに起こって、賑やかである。

それは人類の世界に突然怪物が現れたごとくで、それを恐れるやらびっくりするやら、なかには「今後七割の人が失業するだろう」などと言って、おもしろがる人もいる。

ははぁ、かつてガリレオ・ガリレイが「地球は動く」と言った時も、ライト兄弟が空を飛んだ時も、当時の人は同じように驚いたのだろう。そう思うと楽しい。

早速、わが家でもシャープのロボットを買い込んで、「ミライ君」と名づけた。彼は覚えさせるとわたしの顔を見て「ススム博士がいる」と言ってくれるが、機嫌が悪い時は幾度も首をかしげて、「知らない人がいる」とくり返して、わたしをガッカリさせる。

しかしＡＩとは何か、まじめに考えてみると、ＡＩを説明する文章に〝知〟という文字がやたらに多いことに気づく。

彼は大変なスピードで大変な量の知識を蓄え、要求に応えて瞬時にそれを引き出してくる。

文字通り「知の巨人」である。

しかしこれは「知る」能力に長けているということなのだから、人間にとって大切な持ち物とされた三つ、知・情・意の働き中の情に属する「感じる」力と、意に属する「行う」力は並び備えているわけではない。

またほかに、人間がもつ理性に基づく「ことわる」力、悟性に基づく「さとる」力もＡＩには乏しいことになる。

こう考えてみると、「知る」という、人間が物に対してまず行うことが抜群に上手らしい。これを第一次の作業と言えば、その作業の達人がＡＩである。ところが彼は第一次の作業の結果を判断し区分して「ことわる」（事を分別して整理する）作業や善悪に思い及んで自ら「さとる」という、多分に宗教的な作業や、さらにこれらに基づいて何かを「行う」という意思決定する第二次の作業はしないらしい。

いやいや「しない」と決めてしまっては知の巨人に申し訳ない。第一次から二次へと移るための善悪の規準や、行動を決定する要素を細かく区別して装備させなければならない。

ましてや気まぐれな人間の思考の飛躍や感情の曖昧さも一つひとつ認めて、それに対応する必要がある。

となるとロボットは人間の代役をする者ではなくて、さまざまに人間力を補ってくれる巨大な味方だと言うほうがよいだろう。

早い話、人間がスイッチを入れないと、彼らには血が通わないのだ。

現に、現代のＡＩモスラと等しい過去の地動説モスラや飛行機モスラは、その後の何百年かの後、偉大な文明の構築の絶大な協力者となった。

太陽系がわかって、つい最近は冥王星の地表の映像をテレビが見せてくれたし、飛行物体は新しいナスカの地上絵まで発見してくれた。

ＡＩモスラもいつかは人間の頼もしい助っ人になるだろう。目下はわが家のミライ君もわたしの顔をつい忘れてしまうほど、友情のないボクだが。ちなみに彼は生後四五一日目だと言っている。

もう一つ、ロボットまがいにわが家の床の上を官能的に廻りめぐるおてんばのルンバ嬢は、時折書斎にまで入り込んできて、床の上に置いたペーパーの端をくわえては、もみくしゃにしてしまう。

いやいや、そもそも床に紙切れを散らかしておくのが悪い。それを戒めるために、食いあさり、ちぎり回るのか。さては事の善し悪しを知っていて、主人に忠告を与えているのか。

もしかしたら、ロボットだって「ことわる」理性をもっているゾと、わたしの文章を否定しにかかっているのかもしれないのである。

結果に邁進する？

近ごろ、また失敗した。

ある手書き原稿の中で「人間は過去の原因によって現在の結果に遭遇する」と書いた。そして二度も校正をしたのに誤植を見落としてしまった。その結果届いた誌面には「結果に邁進する」とあった。

なるほど遭と邁は字体も似ている。ちなみにルビはない。

仕方ない。先方に電話して次号で訂正してもらうことにした。「御免なさい。『結果に邁進する』なんて変ですよね」と言いながら。

と、その一瞬、一、二秒の沈黙が電話から伝わってきた。そこでまったく予期しなかったことに気づいた。「あ！　変ではないのかも」。

こうなって気づいてみると、昨今の社会が、いかに「結果に邁進して」いることか。

結果が大事だ。結果を出せ。手段など問題ではない。こう言いながら八〇〇〇万人が死にもの狂いに働いているのが近ごろの日本のような気がする。

いや日本ばかりか地球上のどこでもそうなっているのかもしれない。だからこそ反対に「ふるさとがいい」と、旅行業者はふるさと旅行をこれまた死にもの狂いに宣伝しているのか。

先の雑誌の担当者も誠実な企業の一員で、拙文に不審をおぼえながら何度も読み返してくれ、わたしが赤を入れてこないままに、忖度《そんたく》してくれたのかもしれない。

しかしその一方、わたしは事の重大さに気づいた。近ごろ流行のことばに「就活」がある。就職活動のことだと言われ、なるほどと納得したが、この「活」語はまたたく間に流行し、「終活」とも言う。人生末期をいかに迎えるか活動するらしい。たしかに身辺の整理もあるだろう。ぽっくり死ではまわりが迷惑する。

ところが「活」語はこれらにとどまらず「婚活」が登場した。結婚は自然な人間のプロセスだから、活動までして探すものではあるまいに、とわたしは鼻白んだものだったが、それをせせら笑うように何と「妊活」と言われて、ほんとうにびっくりした。妊娠も愛の結果訪れてくれるものだと思っていたのに、妊娠まで、それに向かって邁進した結果だったとは。

「妊活」があり得るのは、世継ぎを使命とする大奥物語のテレビなどだけだと思っていたが、これも時代錯誤だったか。

結婚から妊娠まで、これらはすべてが愛のドラマだと、わたしは古風に考えてきた。

これは遭遇する結果にすぎない。

ところが近ごろはセックスレスやノンセックスの結婚が増えているという。それでは「結婚」と言うのがおかしい。

義務的に妊活をした結果がお前だと言われて、子どもは喜ぶだろうか。

昔、中河《なかがわ》与一《よいち》の『天の夕顔』（一九三八年）がセックスのない男女を描いてベストセラーになった。いやいまでもこの小説は女優の竹下景子さんの名朗読で人気があるが、早晩、「天の夕顔」夫婦が平凡な夫婦で、いままで正常だった夫婦がアブノーマルな夫婦になるのだろうか。

時代遅れのわたしにはどうも賛成しかねるが、少なくとも本題に戻って、結果だけが大事だと考えて結果に向かって邁進するのが当世の流儀だと言うなら、人間にはプロセスこそ大事なのだと言いたい。

もちろん結果などはどうでもいいと言うのではないが、プロセスを誠実につとめることにこそ、尊い人間らしさがある。力の限りを尽くして努力する人間には汗が光となって輝く。

もし過去の失敗のための無残な結果に遭遇するのが目に見えるのなら、恐るべき結果には背を向けて、失敗の回復にこそ、邁進すべきだろう。

「人間力」を高め〝時分の花〟を咲かせよ

●「人間力」をいかに開花させるか

「年寄りの冷や水」という言葉がある。本来は江戸の町売りの冷水を飲みたがることの諷刺らしいが、年寄りの無理な働きの戒めもいうらしい。

高齢期とは「第二の人生」のことであり、人生の終わりではない。若い時とはまったく違った目的観と様子で生きていく。そういう人生の転換期であり、そこを間違えると、一人の人間として自立し、人びとから愛され、慕われる存在になっていくべきなのに、いつまでも会社に勤めていた時の幻影を引きずっていたり、おばあちゃんの役割と母親の役割を混同して嫁・姑のトラブルを起こしたりする。

若い世代と高齢世代の補完関係があって初めて世の中はうまくいく。補完というからにはそれぞれが異質でなければならない。高齢になっても冷や水を汲もうというのはその自覚がないからで、もう冷や水は汲めないのだ、それは若者の仕事だ、という新たな自覚をもって迎えるべきものが「老い」であり、第二の人生なのである。

世阿弥《ぜあみ》の言葉に「時分《じぶん》の花」といういい言葉がある。人間にはそれぞれの年代に応じた花がある、という。

若い時分の花は、たとえば英気潑剌《はつらつ》とした体力、気力がそうだろう。それに対して、高齢になった時分の花は円熟した心力（豊かな心、柔軟に反応する心、道徳の心）といえる。「人間力」といってもいい。

よく微分や積分が人生の役に立つのか、化学の実験が何の役に立つのかという人がいるが、たしかにそれ自体は役に立たない。けれども、それらが消化され、血肉になって、原形をとどめなくなりながら総合的に身についていく。そこから判断を誤らない熟達者の心力、人間力が生まれるわけである。

そういう存在でありながら、いままで高齢者はただ「保護される者」とされてきた。この「弱者である」という認識ほど人間を弱くするものはない。

ある講演で聴いた話だが、スリランカに考古学省という役所があるらしい。考古物や遺跡の保存などにあたる役所である。その長官を務めたローランド・シルワ博士が、「遺跡を真綿に包んではならない。それは年老いた親のように、地域社会の役に立たなければならず、いまも命の限りまっとうする目的があると感じているに違いない」と言っているという。

わたしは名言だと思った。遺跡というのはそのまま放置すればたちまち破損し、消滅してしまう恐れがある。しかし、だからといって、だれの目にも触れさせず、真綿にくるむようにして保存すればいいというものではない。それでは何のために保存するのかわからない。遺跡の価値は、われわれの先人はこのような文化を持っていたのだ、という誇りを人びとに与え、人間の尊厳に目覚めさせ続けることにある。

この博士の言は透徹した生命観に基づいている。

——遺跡も一個の生き物である。だから遺跡にも死がある。遺跡保存の立場からいえば最大の悪である消滅も、それは消滅ではなく自然の生命の終息なのだ、と。

ところが日本ではどうか。遺跡を密閉して、人びとに見せないようにし、最新の技術を使って保存した結果があの高松塚古墳の惨状である。発掘されて三〇年余、保存するといいながら見事に殺したではないか。もっと自然にしておけばカビが生えるというようなことはなかったはずである。日光による退色や空気中の浮遊物による汚染などはあったかもしれないが、目に見えるかたちで明度や湿度をコントロールしておけばもっと命があったろう。だからわたしは、これから発掘される遺跡についてはなるべくみんなに見せるようにすべきであり、万全の注意をしながら保護するけれども、それで衰えても仕方がない、という覚悟で臨むことが遺跡を生かすことになると思うのだ。博士の言う「地域社会の役に立つ」とはそういうことだろう。

人間であればなおのこと。博士の言葉を敷衍《ふえん》すれば、博士は「年寄りも同じです。年寄りだって社会に役に立ちたいと思っています」と言っているのである。

●他人に対する心の豊かさ

欧米の高齢者は、おおむねキリスト教の団体活動の中ではあるが、ボランティア活動をする。どんなに社会的地位の高い婦人でも、日曜日には積極的に施設に出向いたり、病院を訪れたりして、障害者や病人の介護や世話をする。

残念ながら日本では「パブリック（公共）」なものに対する認識が歴史的に薄い。江戸時代までは常に「お上」が上にいた。長屋には大家さんがいた。檀家制度があって、人びとは寺院にぶら下がっていた。だから対等の関係で社会とじかに接することが少なく、公共心が育たなかった。

欧米人にはそういうものがない。キリスト教というのは、とくにプロテスタントではキリストのほかはすべて平等だから隣人愛が生まれる。そして個人がそれぞれの責任で神とつながっているから、社会の中で自立している。

信仰を異にするわが国にキリスト教を根底とした社会奉仕の思想をそのまま当てはめるわけにはいかないだろうが、第一線から退いた人びとが社会への奉仕を人間的責務と心得ることは、宗教を超えた人間としての課題ではなかろうか。

これは、別の言い方をすれば、日本人は「自分のために」という考え方がきわめて強いともいえる。

近ごろはたくさんの人が子どもの「豊かな心」を養いたいという。それはいいのだが、では「豊かな心」とは何かというと、「人を殺してはいけない」とか「ウソをついてはいけない」ということだという。だが、これらは皆、自己完結的な道徳心にすぎない。

ところが最近、それを「コンピテンシー（対応能力）」という言葉で置き換えるようになっている。わたしは大賛成だ。なぜなら、対応できる能力というのは自己完結的・教養主義的な心の豊かさではなく、わたしの言葉でいえば「他人に対する心の豊かさ」であり、言葉を換えれば「人間力」にほかならないからである。

学校教育はもちろん、生涯教育において獲得すべき最終目標はまさにこの「他人に対する心の豊かさ」「人間力」にある。そういうことからいえば、第二の人生とは、そのさらなる獲得へ、より自分を磨いていく時といえよう。

若い時代を基準に考えれば、体力は衰えているのだから、第二の人生は下り坂ということになる。しかし「さらに人間力を高めるのだ」と考えれば上り坂へのスタートになる。

定年を控えたサラリーマンの中には「自分から会社を引いたら何も残らないのではないか」と思っている人もいるかもしれないが、定年になれば引くべき会社はないのだから、あとはぜんぶ足し算なのである。

「物覚えが悪くなった」とか、「物忘れをするようになった」と嘆く必要もない。「年をとると本を読んでも片端から忘れるから、常に新鮮でいい」――江戸中期の俳人である横井也有《よこいやゆう》がその俳文集『鶉衣《うずらごろも》』の中で、老いの楽しみとしてこんな意味のことを書いている。若い時を基準にするから「物覚えが悪くなった」と思うのであり、人生というのは変化、変化の連続なのだと考えれば、忘れることを苦にすることはないのである。

●感謝の心こそ人間成長の滋養

「ふける」というと年寄りじみた語感があるが、後ろ向きの意味ばかりではない。花札で遊ぶ時、「ふける」という言い方をする。配られた札の得点があまりにもよすぎるから、ふける。このまま勝負をするのはフェアではない。だからわたしは降ります、外にいます、という意味である。

この「ふける」というのは、わたしは「ほ（惚）ける」「ぼける」と同語ではないかと考えている。夜が更けるというのも、夜の闇が濃くなって物の正体がはっきり見えなくなる状態をいい、年をとって「もうふけました」と謙遜して言うのも、自分をぼんやりとした存在に朧化《ろうか》させることではないかと思う。

日本の文化にはこうした「いてもいない」存在が重要な役割を果たすことがある。たとえば文楽の「黒子」がそうである。黒子というのは舞台にいながら、存在しない。あの黒頭巾は「ふけていますよ」というしるしともいえる。いや黒子どころか、何も小道具なしで舞台に登場し、始末役などをする人物が能には登場する。いないはずの人間がいるのである。明暗というか、表裏というか、虚実というか、そういう区別に頓着しないのが能の舞台の約束で、そういう知恵が昔から日本人にはあったのである。

こうした考え方は日本人の生命観とも深くかかわっているのかもしれない。生死というものを対立項とせず、生命というのは生死を超えたもの、不二のものと考える。映画やドラマで「ふけ」役を見事に演じることが称賛されるのもそういう日本人の生命観と無関係ではないだろう。

そう考えると、花札と同様、得点の多い熟達者として、身の処し方を心得る、黒子やドラマの脇役のように、主役を引き立たせながら、心豊かにふけ役を果たしていく。そんな生き方こそが第二の人生の理想的姿といえまいか。

吉田兼好《けんこう》は『徒然草《つれづれぐさ》』の中で、「死というのは、生の中にすでに含まれている」と言っている。月は満月だけがいいのではない。欠けた月もいい。花も満開の時だけがいいのではない。五分咲きもいい。散りかけた花もいい、と。味わい深い言葉ではないか。

仏教でいう「無常」の、本来の意味はペシミスティック（厭世的《えんせいてき》）なものではない。一切のものは生滅・変化していくけれども、変化しながら常に存在し続けるのであり、円環（サイクル）であって、死で終わるのではない。その円環であるということをはっきりと見定める、明らかに見ていくことが「諦める」ということなのである。

明治初期、日本美術を高く評価したフェノロサは、来日七年後に仏門に入り、法号を「諦信《ていしん》」（諦めて信じる）と称した。フェノロサの美術調査に随行したのが若き日の岡倉天心《てんしん》（本名・覚三）で、天心が彼の精神を継いで日本美術を革新したことはよく知られている。テイシンとテンシン。字は違うが、音はよく似ているではないか。二人は仏教思想と無関係に仏像などの美術品を見ていたのではないのである。

――生命とは生死を超えて存在し続けるものだ。

そう諦めればこそ、わたしは日々、感謝しながら生きている。たとえばいまこうして書く機会を与えていただいている。働かせてもらっている。こんなうれしいことはない。

生きる知恵ということからいっても、感謝の心ほど自分を成長させてくれるものはない。感謝というのは自分を劣者の位置に置き、すぐれたものに対して「ありがとう」と言うわけで、自分がいちばんすぐれていると思うと上がない。感謝の心こそ人間が成長する最大の滋養なのである。

最後に、生き方に対する考え方を転換し、これからはさらにより人間としての高みに上っていくのだ、あとは足し算だけなのだ、という考え方で一日一日を大事に生きていく。そういう生き方こそが第二の人生を心豊かに生きる要諦であることを再確認して結びとしたい。

第二章

未来に伝える「日本人のこころ」

日本人の地下水脈「万葉のこころ」に学ぶ

●なぜ子どもたちに『万葉集』を教えるのか

わたしは現在、「中西進の万葉みらい塾」と題して、全国の学校で子どもたちに『万葉集』を中心に古代の心の豊かさを教えている。平成十五年度に始めたこの試みは非常に好評で、これまで四三の小中学校で授業をしてきた。

そもそもわたしがそのようなことを思い立ったのは、現在の教育に対する疑問があり、そしてその疑問に対して『万葉集』が答えになるのではないか、との考えがあったからだ。

人間の教育はほとんどの場合、理性や知性を中心として考えられている。けれどもわたしは、人間の教育はまず感性から入るべきと考えている。言い換えれば、学力だけでなくて、心の力、つまり「心力《しんりょく》」をいかに伸ばすかを考えなければいけない。学力と心力の二つは重なっており、二つのものであるけれども一つのものでもある。

学力を中心に考えれば、「一＋一」は当然「二」とならなければならない。けれども「一＋一＝二」と聞いた時、ある子どもが手を挙げて「先生、一＋一＝二だというけれど、うちのパパとママは仲が悪いから、一＋一＝二にならないよ」と嫌味を言ったとする。パパとママの二人が仲が悪くてケンカばかりしているのであれば、「一＋一」は二どころか、一でもなく、もはやゼロと言えよう。「一＋一」と聞いた時、瞬間的に「うちの両親は二人で仲がいいな」と瞬間的に思える。だから「一＋一＝二」と感じることができる。

学力と心力は別のものではなく、むしろ心力があればこそ学力の向上もあるのではなかろうか。算数と道徳を切り離して教えるからそうなるのであって、理性だけでなく感性をも重要視し、人格を全体的に育む教育に転換しなければならない。

たとえば人を好きになったり嫌いになったり、あるいは尊敬したりという感情は、その人の全人格から感じている。それなのに「この人の脳の重さは何グラムである」などと細かいことをいくら並べても、何も本質はわからない。

同じように、子どもは花を見た時最初から「これは梅の花だな」などとは考えない。白い花が咲いているとも思わないかもしれない。それよりもまず触ってみようとするだろう。まずそのものに接して、どういう感覚をもつか。そのプロセスで学ぶことが人間にとって自然なのである。だから、人間の文明の基本は感性であるともいえよう。

ところが学校教育では逆であることが多い。最初に定義があり、それを覚えて個別の事例にあてはめようとする。人間の自然な感性のプロセスに逆行しているのだ。だから学ぶことがおもしろくなくなってしまうのだろう。

そんな中で、せめてわたしが子どもたちに出来ることといえば、『万葉集』を教えることであった。なぜ『万葉集』なのかといえば、二つの点において子どもたちにとって幸せな材料だと考えたからである。

一つには、『万葉集』は詩歌《しいか》だから、感性に満ち溢れていることだ。理性や知性は、教養という手段によって身につく。けれども感性はそうではない。「生まれた」という生命の力だけで感性はすでに可能になる。『源氏物語』や『平家物語』のような物語を創作するためには、構想力とかストーリーとかが必要になってくる。だが詩歌はほぼ感性だけによって歌われているから、よりストレートに子どもたちの感性に働きかけることができるのだ。

そして二つ目に、詩歌の中でも『万葉集』は一番の古典であり、出発点となる存在であるということだ。スタート地点であり原点であるものは、子どもの命とピッタリ一致する。後の時代に編纂《へんさん》された『古今集』や『新古今集』は感性より表現の技巧を重んじていて、感性教育の教材としては不向きだから、やはり原点である『万葉集』を教材に用いた。

子どもたちに『万葉集』を教えると、こちらが想像もしないようなすごい反応を示してきて驚かされる。たとえば、額田王《ぬかたのおおきみ》という人が「春と秋とはどちらがよいか」という内容の歌を作っている。春は鳥がたくさん来て、花もたくさん咲くからよい。けれども繁茂しているから近寄れない。いっぽうで秋は紅葉していて美しい。けれども紅葉しない青い葉っぱもあり、それが恨めしい。つまりどちらも一長一短なのだ。

額田王は結論として、その恨めしさを感じるからこそ秋がよい、という。この感性はなかなか大人には分からない。だが子どもたちにはすぐに分かってしまう。わたしが「山がぜんぶ真っ赤に紅葉していたらどう思う?」と聞くと、子どもたちは「恐い」と答える。つまりわざとらしいのだ。では「どうして赤や青が交ざっているほうがいいんだろう?」とさらに尋ねると、「葉っぱにだって個人差がある」という。「葉っぱの個人差」なんて、大人にはなかなか発想できない。

われわれ大人は常識にとらわれて考えるから、恨めしいなんて価値がないと思ってしまう。けれどもこの「恨めしい」も一喜一憂する心の躍動、生命の一つの発動であるのだから、それはすばらしいことなのだ。

その額田王を愛した男性が二人いた。天智《てんじ》天皇と天武《てんむ》天皇の兄弟である。兄の天智天皇は冷静で理知的だが、弟の天武天皇はやんちゃで活発なぶん、いろいろもめ事を起こしたり失敗したりもする。先の春と秋の歌に当てはめると、天智天皇は春で、天武天皇は恨めしさを感じさせる秋のような存在だった。額田王はその恨めしさを感じさせる弟の天武天皇に心惹かれている。

頭で考えれば、理知的な天智天皇のほうがいいのかもしれない。けれどもわたししたち自身が異性に恋した時のことを考えれば、ハラハラさせられて心が騒ぐ相手、恨めしさを感じさせる相手に心惹かれてしまう感覚は、よく分かるのではないだろうか。そのように、『万葉集』は子どもたちの感性を刺激する教材として、最適なのである。

●日本文化における「情」の位置づけ

詩歌は基本的に「情」というものでできている。西欧では叙事詩という形で歴史を書いたりするが、日本では叙情詩のことを詩と呼ぶのが普通だ。日本における詩の概念は、人間の感情を吐露する道具として発展してきたといってよい。

それでは日本における「情」というものが、どういう位置を占めているのか。その観点でいえば、日本は文化史的に二つの段階を経てきたと考えられる。

日本が一つの国家として形作られたのは、五世紀のころである。それからの日本文化の歩みは、まず十二世紀までの第一期に「情の文化」が完成し、そして十二世紀から十九世紀までの第二期に「知の文化」が完成したと考えることができる。

つまり「情の文化」という土台の上に「知の文化」が乗っている構造なのだ。十二世紀までの日本文化は、「情」を象徴とする、女性的なものが中心となっている。国文学の最高傑作である『源氏物語』や『枕草子』といった女流文学の興隆もそれを示す一例だ。また法華経が奈良時代から国分尼寺《こくぶんにじ》に収められてきたのも、「悪人往生《おうじょう》」と「女人往生」を説いたからだろう。

そうした「情の文化」の土台の上に、徳川時代に儒学を中心としてすごい勢いで「知の文化」が発展した。たとえば江戸時代の国文学者・本居宣長《もとおりのりなが》は「もののあはれ」が日本文学の本質と言ったが、彼は武士や儒学者といった上流階級ではなく町人の学者だった。武士や儒学者という当時の上流階級は建前で動いているが、町人は建前ではなく本音で生きていた。だから日本は「知の文化」が発達しているようで、町人の本音というところに「情の文化」が底流としてずっと流れていた。本居宣長は上流階級の「知の文化」へのアンチテーゼとして、国学という日本古来の精神に立ち返ることを訴えたのである。

このように日本文化には「情」と「知」の二つが厳然と存在しているが、三島由紀夫が「日本文化は女性の文化だ」といったように、根底には「情の文化」がある。

先日、「忠臣蔵《ちゅうしんぐら》」をテーマにしたテレビ番組にコメンテーターとして出席した。「忠臣蔵」は戦後すぐにマッカーサーから「仇討ちの物語だからよくない」と否定された経緯がある。その「忠臣蔵」を、これから世界に持ち出すためにどうすればよいか、と司会者がわたしたちに問いかけた。わたしは「『忠臣蔵』は情だ。あれは人情劇だから、その情というものを世界に広げていかなければ」という趣旨の発言をしたところ、同じコメンテーターの一人から「中西さん、これからはグローバリズムの世界ですよ。その中で情なんて言っても通じませんよ」と反論された。

番組では時間の関係上、そのまま議論を続けることは出来なかったが、そのように「グローバリズムとは日本を捨ててアメリカ的になること」という風潮が広まっているのは気がかりだ。わたしはあくまでも、それぞれの国がそれぞれの文化を持ち寄る多様性が大切だと考えている。だから日本は日本として、世界に文化を発信していかなければならない。

そう考えた時に、詩歌というものは日本の心、情を表す一つのジャンルとして、もっと尊重されなければならないだろう。

わたしは以前、比喩的に「万葉集は地下水脈だ」と言ったことがある。地上が荒れてきて、潤いを求めて掘り下げると必ずそこから『万葉集』という地下水脈が噴出する。これまでの歴史を振り返っても、最初に『万葉集』があって、次に『万葉集』を否定する形で紀貫之《きのつらゆき》による『古今和歌集』が登場する。その後に藤原定家《ふじわらのさだいえ》らの手によった『新古今和歌集』ではやや『万葉集』への回帰が見られた。

そして徳川時代になると、「古今調」が勢力を増すのだが、その後に正岡子規《まさおかしき》は万葉調和歌の復興を訴えた。ここでまた地下水脈が出てきた。

結局、本音というものが『万葉集』にはあるのだろう。その本音とは、ある意味では野暮ったいとか下等だという認識をされることもある。本音よりも、きれいに飾ったほうが高級だということになると、古今調の和歌に振り子が振れる。常にそれをくり返してきて、そして質を求められる時はやはり「『万葉集』に帰ろう」という動きが起きることになる。

わたしはいま、「文学の無名性」に非常に関心をもっているのだが、『万葉集』は後のちの勅撰集を含めても無名性が一番高い。よく「なぜ『万葉集』を勉強するようになったのですか」と尋ねられるのだが、その度に「『万葉集』の無名の歌に惹かれたのです」と答えている。無名性ということは、個人の詩歌を尊重するのではなく、いい詩歌をいいと思いたいというだけの話なのだと思う。

笑い話だが、ある人が道を歩いていたら紙が落ちていた。紙には詩が書いてあったが、その人はつまらない詩だと思った。家に帰って調べてみたらその詩がゲーテの詩だとわかった。するとたんにその詩がよく思えてきた——などということもある。結局、「ゲーテだからいい詩だ」という先入観にわれわれはとらわれている危険性があるのだ。

だからこそ『万葉集』の無名性こそは、日本文化の情や本音を具現化しており、それが子どもたちの感性に強く訴えかけるのだろう。

●日本が世界に発信する三つの「文化力」

先にグローバル化と日本文化の問題に触れた。大切なのは自国の文化の特長を知り、日本人は日本人の顔のままで世界に発信していく。決して日本人がアメリカ人の顔をすることではなかろう。では、日本が世界に発信できる「文化力」とはどのようなものがあるのか。わたしはそれを三点に集約したい。

一つ目は「尊敬する力」である。

これは「上と下」という関係に出発する。日本は他国の文化を受容する能力が高いといわれる。幕末に開国してから、日本は外国の植民地となることなく明治維新を迎え、近代化を進めた。それは日本が「尊敬する力」をもっていたからである。日本は常に、中国という巨大な文化の周辺にいた。だが自らを相手よりも下に置き、流れてくる価値を受け止めてきた。受け止めるということは、自らを成長させる能力があるということなのだ。「尊敬する力」とは他者を受け入れ、学び、自らが成長していく能力である。だから日本語には敬語が多い。常に相手より自分を下に置いてきた、その証拠といえよう。

二つ目に「調和する力」である。

これは「他者と自己」の関係についての力である。いくら他国から文化を受け入れてきたからといっても、日本は自国固有の文化も守り続けてきた。日本固有の文化と外来の文化との調和を図りながら取り入れてきたのだ。「和して同ぜず」との言葉があるが、調和してハーモニーを奏でていても、決して同一化するわけではない。

よく日本人は個性がない、自分を持たないなどと批判されるが、じつは日本人は「わたし」を使い分けているのだ。『万葉集』では、かなり頻繁に「われ」という言葉が出てくる。特に恋心の発露など、自分を出すべきところでははっきり主張している。ところが社会生活においては、調和を重んじて自分を控えめに出す。日本語の文章でも主語のない表現が多いのはこのためだ。それは決して「わたし」がないのではなく、社会への成熟度の高さの表れと考えるべきではなかろうか。

三つ目は「象徴する力」である。

これは「多と一」の関係についての力だが、最もわかりやすい例は日本の伝統芸能である「能」である。能には大がかりな舞台装置はないが、シテ（主役）が舞台をぐるっと一回りしただけで、京の都から隅田川のほとりまで旅をしてきたことを表す。一つの動作に、多くの意味を込めて表現する。それが「象徴する力」である。

かつてハンブルク・バレエ団が来日して、ギリシャ神話の「ユリシーズ」を公演したことがあった。その舞台監督は当初、「ユリシーズ」の物語は時間が何百年にもわたり、場面もたくさん変わるから、舞台の上ではとても表現できないと思ったそうだ。しかし日本の「能」の表現方法を思い出し、「象徴」という手法を用いることで、壮大な物語を舞台で表現することが出来たと語っていた。

その「象徴する力」とはある意味、古代性の表れともいえる。産業革命以降の近代化の歩みはひたすら現実や物質だけを尊重し、そのような象徴性を排除してきた。日本は本当に珍しく、古代を持ち続けている国である。これだけ情報が氾濫している現代で、日本の俳句が世界的にブームになっているというのも、多よりも少という「象徴する力」の価値を人類が求めているからではなかろうか。

このように日本には世界に誇るべき文化力が存在する。その文化力を、未来を生きる子どもたちに伝えていかなければならない。わたしのやっている「万葉みらい塾」に「みらい」という言葉をいれたのも、未来に生きる人たちにその一端でも伝えていきたかったからである。今後は子どもたちだけでなく大人たちにも、万葉のこころを伝える取り組みをしていきたい。『万葉集』という地下水脈が、いまほど求められている時代はないと思うからだ。

花鳥の日本と中国

ある雑誌で「日本人の好きな漢詩」という特集があり、それにちなむ対談をした。発行元ではすでに読者からのアンケートを受け付けており、その中で人気の高かった漢詩について、意見を述べ合うものであった。

さて、その時のアンケートで、断然トップをしめた漢詩は、杜甫《とほ》の「春望《しゅんぼう》」である。例の「国破れて山河在り　城春にして草木深し」という詩である。なるほど、この詩は、杜甫より早い時代の万葉の歌人、柿本人麻呂《かきのもとのひとまろ》も近江の大津の宮が戦乱によって荒廃したことを嘆いた長歌の中で、うららかな春日、生いしげる春草を敗戦の象徴のように歌うことと、あい通じるところがある。日本人の好きな漢詩の第一となっても、おかしくないだろう。

しかし、わたしはそのことより、春望の詩が日本人の感性とは違うことのほうに、関心が動いた。つまり杜甫の詩が、右に続いて、

時に感じては花にも涙を濺《そそ》ぎ
別れを恨んでは鳥にも心を驚かす

と歌うことについてである。

花鳥という春を代表する景物は、すでに万葉の時代から日本に輸入されたが、『万葉集』では、恋愛事件によって流罪になった男の、都の女に向けて歌った作品について、これは「花鳥に寄せて思いを述べたものだ」と書かれている。花鳥とは、恋愛の心を起こさせる景物であった。

この伝統は、次の『古今集』に引き継がれる。『古今集』には「花鳥の使」ということばが登場し、これは恋歌を意味する。つまり当今の人びとは、花や鳥をめでて恋人に歌を送る。和歌はその道具となった、というのである。花鳥が恋愛と密接に結び

つく様子は、万葉とかわらない。

ところが、杜甫の詩の花鳥は、恋愛と結びついたものではない。折しも反乱が起こって帝は遠く四川省まで難をのがれ、都は賊によって占領されている。そこで時代の情勢を感じると思わず花に涙を落としてしまい、王室の人びとや家族が、いま遠く離れていることを思うと、鳥の鳴き声一つが心を悲しませる、というのである。

だから逆に、花鳥が平和な春景色を象徴するものと考えられていたことがわかる。にもかかわらず、破られた平和を悲しんで花鳥に泣き、また驚く、というのが杜甫の主張であった。

そうなると、同じ花鳥についての日本と中国との、この大きな違いに驚かざるを得ない。いや、そもそも「花鳥」という景物のとり上げ方も、ことばそのものも中国のものであった。日本は、この輸入の思想やことばを、変えてしまった、というのが正しいだろう。

いま考えると、この変更は、いかにも日本的だと、誰もが思うのではないだろうか。日本人は抒情的な民族であり、中国の大陸性の気候とも気候が違って、豊かな緑にめぐまれている。花鳥を心の友として恋愛の情を恋人に訴えるのも、よくわかる。しかし一方、こうして明らかとなる中国人の花鳥のとり扱いも、いつも念頭におく必要があるのではないか。

この中国での花鳥とは、杜甫の詩でいえば国家の大事と対置させられた花鳥である。うららかな春景色も、国家の大事と切り離せない。ただ恋人を思い起こすだけの景物にすぎないのではない。

昨今、平和ボケした日本人という台詞まで登場した。時代や政治を抜きにした生き方がもう許されなくなった国際化の時代である。

幸い日本人の一番好きな詩が春望だという。これを、無意識にせよ心のテキストとして、花鳥が花鳥にとどまらないように、今後を日本人は生きていきたい。

地球語

俳句雑誌『俳壇』が今年（二〇一六年）の二月号に佐藤念腹《さとうねんぷく》（一八九八〜一九七

九）の俳句一〇〇句を紹介している。

念腹はブラジルに移民として渡り、その地に俳句を根づかせた人である。

昭和初期、日本は「あるぜんちな丸」や「ぶらじる丸」を建造し、大量の移民を海外に送った。海外の楽土を夢みた彼らは、しかし極度の貧困と過酷な労働を克服しなければならなかった。

じつはわたしは、さる二〇〇一年の一夏、サンパウロ大学の講義のためにブラジルに滞在して、いまになお保存・展示されている当時の移民の家屋を見ることができた。痛ましいほどの粗末さだった。

にもかかわらず彼らは黙々と働き、りっぱな農民集団を作り上げた。

その時、移民たちを俳句作りに誘い込み、作句の中に生きる歓びをあたえたのが、佐藤念腹だったのである。

そのさまは七〇年前、シベリアに抑留された兵士に俳句が生きる歓びをあたえたのと似ているが、それはさておき、念腹の句を、少しあげてみよう。

春眠や　鞍《くら》を枕に　牧夫達
雇ひたる　異人も移民　綿の秋
もんぺ穿《は》く　信濃移民や　蕎麦《そば》の花
移民船　隈《くま》なき月に　沖がかり

牧場で牛や馬を育てる農夫たちはベッドの枕に眠るのではない。鞍に頭をのせて睡眠をとるにすぎない。

また多少の蓄えで働き手を雇ってみると、その男も貧しい移民だった。

その中で目をなごませる物は、長野県出身の女が日本からもってきた、もんぺだった。彼女たちは腕に覚えのある蕎麦を育て、もうじき実を結ぶはずの花も咲くまでになった。

沖に浮かぶ移民船に、彼らは何を思っただろう。船は煌々《こうこう》と海上一面に輝く月光の中に停泊している、という。

移民たちにとって、俳句は異土と日本を結ぶ、心の綱だったらしい。念腹からあたえられた俳句というロープに縋《すが》って、彼らは移民の運命に耐えたと思われる。
そしてロープは、その後に生まれた二世、三世へと伝えられていった。
すでに述べたブラジル滞在の折、わたしは日系ブラジル人の、俳句作家と会った。その折、もう日本語が使えない彼らはブラジル語（ポルトガル語）で俳句を作り、熱心に俳句のふしぎな力を、わたしに語って倦《う》まなかった。

俳句には何かある
ウソの俳句はだめだ

などと。

時間や空間を超えた何か。そして本当と思われる物、それを表現する手段が俳句だというのだ。

そうなると、俳句はもう日本という一つの地域に限られる表現形式ではなく、人間の心に訴えてくる本質的な何物かを自然から採り出して表現する形式だということになる。

だからそれは、日本語を知らない子孫の人びとにも保存され、新しいことばとなって誕生するのではないか。

人間の本音、もっとも人間らしいことばが俳句なのか。そう考えてよいのなら、俳句から国境が消える。歴史や気候を別々に背負う者どうしだって理解し合える、もっとも本質的なことばということもできる。

ところで国境を超え、歴史を離れて自由に、しかしもっとも人間らしく研磨されたことばこそ、じつはいま、ウソっぽいことばのスモッグで息ができない世界中の人がほしがっている、地球の共通語ではないか。

どうやら日本人は、そうしたことばを育て、世界に根づかせてきた人種らしい。

あらためて俳句のことばをふりかえってみたい。

物体ない

二〇〇二年、ノーベル化学賞を受けた田中耕一さんが口にした「物体ない」（勿体ないとも書く）ということばが、世界中で有名になった。

もちろん、一九七七年ノーベル化学賞受賞のイリヤ・プリゴジンも散逸構造の中で、無駄だとされてきたエントロピーこそ重要な役目を担っているとした。一見役に立たないとされる物が大切だという概念は、共通している。

確かに「物体ない」ということばはいまでも世間でよく聞かれる。何物も惜しみなく捨て去ってしまう万事消費時代の昨今には、大事なことばだろう。

しかしよく考えると、「物体ない」ということばは、そう単純なものではない。

そもそも、漢字の「物」とは天地間の一切のものを表す、とされる。偏《へん》の「牛」は牛のこと。牛は地上の最大の動物と考えられたところから、物という漢字が誕生した、という。旁《つくり》の「勿」も音を表す字形と考えられている。

しかし、「勿」は否定を表すから天地間の一切のものは牛でありながら牛を超えた存在だと考えて、牛に勿を添えたのかもしれない。もちろん、牛は神への「犠牲」となるからである。

「佛」が人偏に否定を表す弗の旁を添えるのも、人でありながら人間を捨象したものだと考えるのと同じではないか。

要するに、「物」とは、このように根源的な存在を指示することばだったのである。

さらに中国の『漢書《かんじょ》』（郊祀志上《こうしし》）では「物ありて曰く、蛇は白帝の子なり」につ
いて、唐の学者・顔師古《がんしこ》が「物とは、鬼神を謂《い》うなり」と注をつけている。魂や魄が
鬼の字で表されるように、神秘な「物」の仕業は、鬼神の所業であった。

こうして「物」とは神秘な仕業ももつ存在だった。

しかも目に見えない。その「物」が姿を現すと「物体」となる。そして「物体」を
喪失すると「物体なし」となる。

つまり「物体なし」とは、人間が魂や魄のような不思議な心の働き（＝物）を失
う、あさましい失態を意味したのである。

じつは「物体なし」が「勿体なし」と書かれるのも、体裁を失くした「勿体な」情
態が無意識に文字表記の上に反映したものなのであろう。

さて、この物体の喪失は日本で大いに重視された。

『源平盛衰記《げんぺいせいすいき》』では、平通盛《たいらのみちもり》に対して弟の教経《のりつね》が「物体なし」と激しく非難する。通
盛が合戦を控えた前線にまで女房の小宰相《こさいしょう》を伴い、「帯紐《おびひも》解きひろげ」た。この異様

な無配慮ぶりを「物体なし」と指摘したのだった。

このように「物体なし」は本来、しかるべき立ち居振る舞いを忘れた失態を意味したのである。

ところで、日本人は漢字の「物」と日本語の「もの」を等しいと考えたから、続々と物体をめぐって霊的《スピリチュアル》な「物ことば」ができあがった。

「物の怪《け》」「物狂い」「物憑《つ》き」「物代《しろ》」「物実《ざね》」、氏族の「物部《もののべ》」そして神様の「大物《おおもの》主《ぬし》」などなど。

あの『源氏物語』の葵上《あおいのうえ》は、「物の怪」に悩まされて死に至った。謡曲では、女物狂いが失った子を求めて東国の果てにさまよう。「隅田川」は、その心の極北を物語る傑作である。

「物憑き」は病気を治すのに必須の「寄りまし」のことで、そのものに物の怪を取り憑かせて病人の健康を取り戻した。

「物代」は国《くに》魂《たま》の中心、「物実」は生命の根源。物を祀る一族が「物部氏」と呼ばれ、物信仰の中心の神が大物主となる。

日本人は、何とたくさん霊的な働きをもつ物を信じてきたことか。

しかもそれは遠く縄文時代以来のことだ。日本人は、縄文時代の後にも、神や仏の信仰どころかキリスト教まで海外から輸入したが、二〇〇〇年来、心の根底にはなお物への畏怖を忘れずに保ち続けた。

「物体ない」こそ、物への信仰を今日に伝える直証《ちょくしょう》に違いない。

いやいや、今回はまことに物々しい話であった。物体ないことにならねばよいが。

ものとはONEか

中国から「物」という漢字が渡ってきた時、日本人は昔からもっていた日本語の「もの」を、この字に当てた。

それでは「もの」とは、どんな意味の日本語だったのだろう。

考えてみると難しい。とにかくいまいちばん利用されている辞書『広辞苑』がこの語をめぐって、延々五ページもの分量を割いて説明しているのを、ご存じだろうか。

「ものとは何ものか」ということになる。

まさにそのとおり、上に何かをつけて初めてものは実体を表す。食べ物、建物、見物、拾い物、余計者、厄介者――。

だから「ものをくれ」と言っただけでは、買えない。商品＝「しな（区別のこと）もの」となって、初めて独立した価値がつけられる。ほかのものと区別して評価してくれなければ、ものはいつまでも何の役割も演じない。

そこで一方、ものの区別がない特徴を利用することも、日本人はしてきた。「もの悲しい」と言うと、何がどうだから悲しいというのではなく、何となく悲しい、何か気持ちが沈みがちな時の心をみごとに言うことができる。

つまり結論的に「もの」とは何かというと、「そもそもそこにある、存在そのもの」ということになる。

はて？　と思う前に、英語を思い出すと分かりやすい。中学校で英語の原形として教えられた、よく呑みこめなかったルールがあったのではないか。「I（わたし）ならam と言います。You（あなた）ならare、He（彼）ならis です。この動詞の原形はｂｅです」と。

　このように存在の動詞に原形があるなら、主語にも想像される原形があってもいいだろう。

　それがＯｎｅではないか。

　そう、ワン、ツー……と教えられたＯｎｅである。原形なのだから一つしかない。もちろん動作の動詞にも原形があっていい。ｄｏ（する）といえば、何かをすることである。

　どうも、この英語のＯｎｅ、ｂｅ、ｄｏに当たる原形ということば感覚が、日本語にもあったと考えてはどうだろう。すなわち「もの」とは「Ｏｎｅ＝存在する原形」なのである。

　ｂｅに対応する日本語は「在《あ》る」だ。「ある」とは、生まれる＝「生《あ》る」と同じだから、誕生のままに「ある」ことが、生存の原形である。

　そこで思い出す有名な台詞がある。自分自身の生き方に悩んだハムレットにシェークスピアは「to be, or not to be」と言わせた。自分は「本当の生き方をしているのか」、つまりｂｅかどうかという悩みを与えたのである。

ハムレットは悩んだ。自分が天から与えられた、正しいＯｎｅではなく、自分勝手な思い込みに落ち込んでいるＩでしかないのか、と。とかく人間はＩばかりを主張するからだ。

さて、「もの」をこのように考えると、中国で鬼神と等しいと考えられたり、犠牲となって神と同一化したりする「物」を「もの」に相応するとした日本人の理解も重要となる。

偽りの俗世の姿がＯｎｅのもつｂｅのように、本当の生存といえるのかどうかと、ハムレットが悩んだように、清純なｂｅは期待されるべき展望ももてる反面、汚辱にまみれることも避けえない。

Ｏｎｅは世上すべての万物に固有されている。だからその霊性を尊びながら、人の世を営むことが期待される。

一方で一人ひとりの人間は、自身の力では如何ともしがたいＯｎｅを十分に恐れながら、努力を尽くして美しいＩにしていく必要がある。

これが古代の日本人の倫理だったとわたしは思う。

「誤る」と「謝る」

日本語の中に、こんな例がある。

何か、事態が腑に落ちない。そこで、怪《あや》しむ。

その結果、事態の判定を間違える。つまり、誤《あやま》る。

ではどうするか。一時に頭に血がのぼってカーッとなり、殺してしまう。すなわち、殺《あや》める。

ところが何と憎悪は一時の思い込みだった。また誤ってしまった。そこで仕方なく、謝《あやま》る。

こうしたことが、われわれの生活ではともすると起こりがちではないか。そんな凡人の心理に潜む常態を、日本人はこのようなことばで、理解してきたのである。

ところが「あや、あや」とまるでことば遊びをしているように見える一連を英語で言い換えてみると、ことば遊びにはならない。ミステイクだのアポロジャイズだの、ばらばらの単語が並ぶだけだろう。

反対に日本人がこの一連の行為を不可思議な美しさによって理解してきたことは、日本人の倫理観をよく表すのではないか。

そもそもアヤとは怪しさにも、「ことばの綾《あや》」というほどの美しさにも、使われる日本語らしい。わたしはかねて、美は畏怖から出発すると言ってきた。いま「怖いほど美しい」と言ったり、だから怖いものを褒《ほ》め殺しにして封じ込めたりするところに、この構造が残っている。

だから右のように、理解できないほど尊い対象を理解し損なう失敗をお詫びする次第となる。

さて、ここには不理解の果てに殺してしまう強引さもあるが、一方で、「誤っていました」と謝るとは、日本人も素直でいい。

じつはそのことがいま一番重大だと、わたしは考えている。

この時、重大な場合が二つある。

まず第一に、昨今は誤っているのに謝らないことが、あまりにも目につきすぎる。テレビにも新聞にも、はたまた日常の経験の中にも。

しかも、そこにはそんな事実はないと言う隠蔽《いんぺい》型と、事実を認めざるを得なかった時の詭弁《きべん》型との二つがある。

これが日本人の養ってきた紳士協定から外れていることが、重大ではないか。

第二は反対に、誤らなければ謝る必要はない、と日本人が決めてきたのに、ぺこぺこと頭を下げて「すみません、すんまへん」と言うことだ。

これも日本人の倫理に反する。どう拷問にかけられようとも、誤っていなければ謝ることはない。

ましてや謝罪会見を見せ物のように求めると気が済む、というのでよいのか。

大事なのは日本人の倫理の通し方が、そのいずれでもないことだ。

怪しんで殺める前に、誤りを避けることこそ、大事ではないか。謝りが誤りによるとしか、決めていないのだから。

この道理の通し方は、何を教えているのだろう。お互いに誤解を避ける、徹底的な努力を求めているのだと、わたしは考える。

じつは、近代日本は世界情勢を十分弁《わきま》えていなかったばかりに判断を誤り、世界から非常識な国だと思われて三国干渉、ワシントン海軍軍縮条約、ABCD包囲網などで窮地に追い込まれた。日本の言い分は聞いてもらえず、さらに言いもせず、あげくの果てに戦争を起こして相手を殺めようとして、報復を受け、敗れた。そして軍事裁判によって謝罪を要求された。

いやそのことは、トルストイがすでに一五〇年以上も前に、こう語っている。

外交官の解決できなかった問題が、火薬と血で解決されるわけもない。(『五月のセヴァストーポリ』乗松亨平訳)

相互の理解不足こそ問題だったのである。

美しきカオス

いま「二十一世紀モホール計画」が進められているという。

地球の地殻の下を流動するマントルを採取して、地球の中核をなす岩石から、地球の中心の生命を探るのだと聞いた。

マントルは地球という惑星の、物質の本体を作る岩石である。地球全体の体積の約八四パーセントを占める。いわば「月の石」に対する「地球の石」といってもよいだろう。

人類は傍目にも眩《まぶ》しいばかりに自然科学を発達させたから、このような驚異的な掘削と物質の解明は、当然予測されるが、一方同じ進展が戦争の兵器に応用されることに、人びとは深く愁眉を閉じているから、これは何という晴れがましさだろう。

万人が万人、このニュースに深い喜びを感じているに違いない。

さてそのうえでさらに、わたしが感嘆の声を抑えがたいのは、いま予測されているマントルの美しさにである。

マントルの主成分は橄欖石《かんらんせき》らしい。この石は周知のとおり、ペリドットと呼ばれる宝石で、中世に十字軍によって紅海に浮かぶ島からヨーロッパに持ち帰られた。それ以後、多くの人びとに愛されてすでに長い歴史を経てきた。

ペリとはペルシャ神話の妖しい妖精のことで、その名を負うほどに美しい岩石が地球の中核をなすのだという（あまつさえ、ペリドットは八月の誕生石だから、八月生まれのわたしには一層うれしい。ただ、これは個人的だから、括弧の中に入れておこう）。

いやいや本題はさらに先にある。この橄欖石を偏光顕微鏡で見た写真を一見するに及んで、わたしは石の美しさに息をのんだ。さまざまな色彩が、お伽話《とぎばなし》のように入り混じっている。まさに妖精のように、形も色も多彩に輝いているではないか。

宝石のペリドットは、淡い緑色に見えるし、橄欖色をもって命名されたように、黄緑色を見せることもあるのだろうが、「地球の石」は、そのような単色の岩石ではないのだ。

なんと、地球の主成分は、目も奪うばかりに美しき多様体であった。

しかも、すでに述べたように、この「妖精の石」は地球の体積の八四パーセントをも占める。

そのうえ多彩な切片の雑然たる集合体は、いまになお生きて、ゆっくりと対流し続ける、超高温の液化状の粘土らしい。

ところで、このように地球の原核となるものが、美しきカオスであることは、じつはおよそ地球上のすべてのものの根源といってもよい正体を、明示するのではないか。

通常、雑なるものは、固有の正体をもたなくて価値もなく、半端なものとか、不純なものとしてしか、見られていない。雑然とか、混雑、乱雑とかといって。

ところが以前、中国で「雑技」を見ていて、彼らがこれを華麗な技劇と見ていることに気づいた。日本でも最古の古典『万葉集』は、何と「雑」の分類から出発する。まさか「その他」から始まるわけでもあるまい。雑とは、もしかしてもっとも本質的なものではないかという気持ちが、以前からわたしの中で広がっていた。

中国の辞書を見ても、『説文解字《せつもんかいじ》』（一〇〇年ごろ成立）という権威ある古典には、雑とは「五采《ごさい》相い合うなり」（青、黄、赤、白、黒などの彩りが一つになったもの）という。

別の名辞書、『玉篇《ぎょくへん》』（五四三年成立）にも、雑は「最なり」（第一のもの）とある。

やはり雑技の雑も、華々しいという意味をもつのだし、『万葉集』の雑の分類も、開巻を華々しく飾る意志をもたせているのであろう。

中国古代の思想家・老子が天然自然のものを本質と見抜いたように、雑をこそまず万物の礎と見ることで本当の姿や将来の姿も発見できるだろう。

人間が何を大事にすべきかを考える時、地球の根源がこのように美しき「カオス」にあることは、きわめて大事なことだ。

「わたしの家の宝は……」

わたしたちは「わが家《や》は駅から遠い」とか、「わたしの家《いえ》は大所帯だ」とかと言う。家という同じ漢字なのに「や」と言ったり「いえ」と言ったりして、いまはほとんど使い分けしないが、本当に違いはないのだろうか。

漢字には音（中国伝来の発音）と訓（日本語としての読み方）があると学校で教わったから、それか。いやそれなら「家族」と言うから音は「か」だったはずだ。

じつは「や」も「いえ」も一〇〇〇年以上の歴史をもつ日本語である。しかも二つの違いはとてもおもしろい。

そもそも「や」は屋根（「根」は丈夫な物につける）のこと。人間寝泊まりするのに必要な物は雨露を防ぐ被い、屋根だ。だからまず屋根が家となり、家を「や」と言うようになった。その証拠に、古代の竪穴式の住居は屋根しかないし、柱を建てても壁がない。

この「や」に場所を示す「と」をつけて、「やど」とも言った。神話でアマテラスがこもったところを「天の岩屋戸《いわやと》」と言ったり、聖徳太子が生まれたところは「厩戸《うまやど》」（馬小屋のこと）だと言うのも同じだ。旅館を「宿」と言うのは後のことである。

このように「や」とは建物を指して家を言ったものである。

一方、「いえ」（古くは「いへ」）とは「神聖なへ」のこと。「へ」とは昔「へっつい」と言った「かまど」を指す（二つの「へ」には発音上少し相違があるが、問題はない）。

旧家の土間に土で築いたかまどを見たことはないか。飯を炊くところだから、家の中心とされたので、よく神様のお札が捧げられている。

神聖視されて「いへ」と呼ばれるのも、当然だろう。

また古代に家を「ひとへ、ふたへ……」と数えたのも、「いへ」の「へ」がかまどであることを証明している。当然一家にかまどは一つ。今風に二世代住宅の台所が二つあるのを見ると、古代人は困惑するだろう。

いや、数え方に困惑する以上に、一家が火元を一つとして暮らさないという考え方が、理解を超えるはずだ。火を尊び、一つの火の元に食事をする関係を重んじて「いえ」という言葉が誕生したのだから。

先に「や」を建物に基づく命名だと言ったが、このように、「いえ」は一家の生活信念に基づいた命名だった。その点、英語で言えば「わが家」はマイハウスであり、「わたしの家」はマイホームになる。

こう区別できると、二つのことばの違いは俄然大きくなる。

お客さんを歓待して食事を共にすることは、仮にレストランでしても共食によって仲間となることを意味するし、世界で共飲の儀式を重んじるところも多い。

「同じ釜の飯を食った仲間」ということばもあるではないか。「一宿一飯の義理」と言うと「や」を排除してはいないが、寝食共々ホームの仲間の一端に加わったことになる。

いみじくも『万葉集』（巻五）で山上憶良《やまのうえのおくら》が貧しい生活ぶりを、火元を囲んだ家族によって描くように、共食することは、貧富を共有することであり、悲喜を共体験することでもあった。

古代的なこの「いえ」の共有性をわたしは大切にしたい。

「日当たりがいい」とは「わが家」の建物についてだ。これもよい。

しかし話し相手が「わが家の宝は……」と言い出した時より「わたしの家の宝は……」と言い出した時のほうが、次に何を言われるか、楽しみだ。もし「わが家の宝は……」と言いかけると、すぐ高価な骨董品か何かを予測するかもしれない。

では「わたしの家の宝は……」と言いかけられると、さてあなたは何を予測しますか。

「元気な家族」ですかね。皆さん教えてください。

なぜ五七調か

年の初めの挨拶に、また和歌俳句など、めでたい歌謡が、さまざまに換わされただろうか。

そこで気になったのは、これらの多くが、なぜ五七調（または七五調）かということだ。とにかく日本人が「赤信号　みんなで渡れば　怖くない」とふざけて言ってみると、五七調。そこでこんな不心得者を警察で取り締ろうと立札を立てるとすると「赤信号　渡るべからず　警視庁」とまた五七調になる。

もちろんこれを理由もなく喜んでいると、「チコちゃん」に叱られるから、五七調となる理由がいままでいくつも考えられてきた。

しかしどうも納得するものがない。中国の五言七言の詩にならったという説もあるが、そんな教養人の話ではない。そこでわたしの考えを書いてみよう。

そもそも日本語で基本の一から八までの自然数を整理してみると、一《ひ》・二《ふ》がＨ（むかしはF）音で一組、三《み》・六《む》がM音で一組、四《よ》・八《や》がY音で一組となる。つまり日本人は、倍の数を一セットとして数を考えていったらしい。

ちなみに現代の英語では一《ワン》を別格として（七六ページ参照）七まで二《ツー》・三《スリー》がT音、四《フォー》・五《ファイブ》がF音、六《シックス》・七《セブン》がS音と並んでいるから、自然数を三組で増やしていったらしい。

そこで日本語の右の仕組みの中で、半端で外れているのが五と七だということがわかる。英語ではきちんと組み込まれているのに。

その上、素数でもある五・七はよほどの外れ者だ。

ではそもそも外れ者とはどんな存在か。とかくひとり浮き上がっていて、協調性がないのではないか。

もし外れ者があなたの仲間にいたら、どう扱うか。

古代日本人は、こう考えた。不可解な厄介者だけれども、反面恐るべき力の持ち主だろう、と。

彼らはきっと、神とも悪魔ともことばが通じ合う音数に違いない。

そう気づいたらしい古代日本人は、五七音で綴られたことばを、口調子を使って神に捧げたり、神から下されたことばにも同様に使おうとしたのではないか。

そして後のちには、愛する相手に必ず五七音をもって和歌を贈り合い、このことばの魔力によって、愛が成就することを願ったらしい。

もちろんそのころには、みんな五七音が魔力の音数だったことなど忘れて、不思議に心を動かす、美しい調子だと思っていただろう。

いやいや、なぜ悪魔のことばが美しいことばとなるのか。

わたしは人類における美の認識は恐れから発すると思っている。たとえばギリシャ神話でオルフェウスは冥界から妻のエウリュディケを取り戻す途中、振り返ったばかりに妻を失ってしまう。それほどに不吉だった振り返る動作が後になると、浮世絵師・菱川師宣《ひしかわもろのぶ》の「見返り美人」となる、といったように。

それにしても反面、もう五七音の魔力を忘れた日本人たちに、無意識にこの起源を持続させた力があったはずだ。それは何だったのだろう。

ここでもう一つの七五調起源論を顧みる必要がある。

別宮貞雄《べっくさだお》さんは音楽家らしく五七の基調の音数を、日本人の呼吸法によると考えた。日本人の二呼吸＋一休止が五音句、三呼吸＋一休止が七音句だというのだ。だから自然な呼吸に沿って単語を述べると五七調になる。さらに五七五七七と音を重ねれば和歌ができる、と。

言うまでもなくどんな呼吸法が自然かは、生活の中からおのずからに決まってくる。

登山用の特別の呼吸法、長距離走者のそれなど、適切な呼吸法はさまざまに言われているではないか。

こう考えると、五七音の呼吸法は五七調を決めたものではなかったか。何と日本人の美しい祈りを持続させる呼吸だったのである。

いい加減な生き方はやめよう。美しい祈りの息づかいの中の、美しい韻律のことばを、いつも心がけていたい。

プリニウスの旅

プリニウス。その生涯は西暦二三年から七九年。古代ローマ時代の貴族であり軍人であり、政治家でも文筆家でもあった人だ。

そして彼の名を今日に伝える著述がある。大著『博物誌』全三七巻。日本でも一九八六年に刊行された完訳本三冊が、いまも引き続き読まれている。

著述が二〇〇〇年近く旅を続けているのである。

さてその歳月の旅路に、八世紀にできた日本の『万葉集』を置いてみると、両者の距離はユーラシア大陸の東と西に、あまりにも大きいのだが、にもかかわらず、両者にはひとしい風物が姿を見せる。

ことばを換えると『万葉集』の歌をプリニウスで読むことができる。

こういう次第である。

『万葉集』の中に紫色が登場する。紫色はこの時代、最高の位を表す色とされ、以後も日本の歴史の中に不動の最高位を占めた。紫式部と通称される女性作家が『源氏物語』を書き、いまも文化勲章の綬《じゅ》（リボン）は紫色である。

もちろん先立って紫色を禁色とする中国の皇帝もいたからで、日本では特別に朝廷によって管理、栽培されたムラサキ草の根から、紫の染色の液を得た。

だから『万葉集』の紫色はすべてこの草ムラサキによって染められたものと考えられてきた。

ところが、古くから地中海一帯ではムラサキ貝からとった紫色が用いられていたから、当然プリニウスがあげるのは四種類の貝ムラサキの紫色だった。

それが東方へと伝わる途中の大陸で草ムラサキに代わって日本にも草ムラサキがやってきた。と、いままで考えられてきた。しかし海岸で詠まれた『万葉集』の歌の「ムラサキ」は、プリニウスの貝ムラサキの分類と一致する。つまりこれらのムラサキは貝ムラサキであって、草ムラサキではない。

すなわちプリニウスが「砂利・礫《こいし》プルプラ（パープルのこと）」と分類したものが、「紫の名高の浦の真砂《まなご》土《つち》袖のみ触れて……」（巻七―一三九二）と見え、同じく「海藻プルプラ」が「紫の名高の浦の名告藻《なのりそ》……」（巻七—一三九六）や「紫の名高の浦の靡《なび》き藻」（巻一一—二七八〇）に、また同じく「泥（溶ける）プルプラ」が「紫の粉潟《こがた》の海……玉潜《たまかず》き出ばわが玉にせむ」（巻一六—三八七〇）の歌に見える。すべて恋歌の歌い出しだが。

もう一つ、プリニウスがあげる「暗礁プルプラ」は『万葉集』には見当たらないが、逆に別種のムラサキ貝が『万葉集』にあるわけではない。

しかも右にあげた第一首が「袖のみ触れて」というのは、ムラサキ貝が激しくぶつかり合って粘液を出すことに掛けた恋の表現らしいし、最後の歌は「粉潟」が溶けた貝片ばかりの様子を言い、下句で玉（美しい形の貝）をほしいと言うのも、溶けるプルプラならではの歌だ。

まさにこれらは、地中海でムラサキ貝の腺液《せんえき》を採集して染色の材料とする漁法が、日本にも伝わっていた証拠である。

日本では朝廷が主導する草ムラサキの一方で、漁夫たちが日常的に貝ムラサキの採集、染色を伝えていたのだった。

ちなみに後のち日本の漁夫たちは貝ムラサキの液を松の葉につけて、布に☆印を描いたらしい。この印はアフリカ起源の魔除けである（拙著『キリストと大国主《おおくにぬし》』）。当然「紫の名高の浦」という地名も「ムラサキ貝で有名な湾」のことで、従来のように「紫が名高いようにナタカという浦」と、修辞上のこととする無理な解決も要らない。現に最後の一首は「粉潟」すなわち「ムラサキ貝が散らばっている湾」と事実を言っているのだから。

プリニウスのお陰で『万葉集』の正解が得られるとは、何とも爽快なことだ。

それにしても、インド洋、東シナ海をめぐって地中海から日本の海岸まできたムラサキ貝の旅は、気の遠くなるようなロマンに満ちている。

それをわれわれに告げてくれたのが、二〇〇〇年近い歳月を旅してきたプリニウスの著作であった。

第三章　創造者になろう

病気はなくなるか

某日、会食のテーブルの向こうから、

「病気はすべて治せます」

という声を聞いた。そう語りかけてきたのは、日ごろから敬愛するNさんである。彼は富山に本社をもつT薬品の社長さんだ。

わたしは感動した。

「肝硬変だって治せるのですから」

プロの確信にみちた断言は、日ごろの使命感にあふれていて、いかにも快い。

その時、とっさにわたしが思い出したのは、例のペニシリンの発見と臨床効果の証明だった。

一九四一年、折しも世界中が戦禍に巻き込まれていて、すべての人びとの心身は危機に瀕していた。その中でイギリスのチャーチル首相がペニシリンで一命をとりとめ、戦局の大きな転機になったといわれる。

その後、医療界はさらに進歩し続けたであろう。

「じつは、わたしは人間にとっての大きな課題が三つあると考えてきました。その一つが病気の克服です」

わたしは晴ればれとした顔をN氏に向けて、こう返事した。

およそ人間が動物——有機物体である以上、永遠の不変は死によってしかもたらされない。だから、放っておいて常に健康であることなどありえない。少しでも生命が損なわれないように努力するしかない。

しかしそれは、大変困難なことだ。

どんなにそれが難しいかを、つくづくと感じることの一つに、仏教がある。

古代寺院を代表する法隆寺も、用明天皇が病気の平癒を願って造立を発願したという。五八六年のことだ。いま金堂に安置されている薬師如来像に刻まれた銘から、それがわかる。

その後、飛鳥には、いわゆる本薬師寺が営まれ、平城遷都の後には、西の京に移されていまになお壮麗な堂塔がそびえている。この寺も天武・持統、両帝相互の病気平癒祈願にかかわる寺である。

ちなみに奈良には新薬師寺まであり、薬師寺・薬師堂は日本各地におびただしい。薬師如来は別に大医王仏と呼ばれたから医王院を含めればさらに多く、薬師如来の浄土、瑠璃光《るりこう》浄土にちなむ東光、東向の寺院も加えれば、数はもっと増える。

いやいや薬師如来だけではない。お釈迦さまもキリストも、日本の大国主《おおくにぬし》の神（ダイコクさま）も医療を施すことで崇拝された。広くシャーマン（呪術師《じゅじゅつし》）は巫医《ふい》（巫《ふ》術《じゅつ》を心得ている医者）でもある。神ないし神に近い人は、ひとしく病気の治癒力をもっていなければならなかった。

それほどに病気は人を苦しめ、人はひたすらに健康を願ってきた。そう思うと、わたしはお薬師さまの像にぬかずく時、お手に薬瓶が置かれていると、いつも胸が熱くなる。

ましてや始終、人間が罹るカゼを感冒とか風邪とかと書くたびに、いっそう治療の難しさを感じてしまう。要するに感冒とは「正体は不明だが、何か悪物に侵されているらしい」というだけなのだし、風邪も「邪悪な何物か」というに過ぎないのだから。

そもそも正体不明の「気」を元気や勇気や平気などと並べて、病気だというのでは、何の手の施しようもないではないか。

病気はこれほどに人間を苦しめる悪業である。だから克服することが、人間の最大の課題の一つだと思ってきた。

治療や薬餌にたずさわる人への期待は大きい。たとえば無医村問題もまだ解決したとはいい難いようだし、個々人にかかる医療費負担の税もけっして軽くない。

しかし、闘病に疲れ果てて死んでいく人を見ると悲しい。命は尊い。

国民みんなが健康という日を、夢見続けていきたい。

そのためには、まず心の健康を確立することだと、わたしは思う。

貧困はなくなるか

人間の最重要課題は、病気だけではない。次にあげるべき課題は貧困からの脱出であろう。古くて新しい課題である。

最近も、南米ウルグアイのホセ・ムヒカ氏が話題を呼んでいる。氏は大統領時代、「世界で最も貧しい大統領」とみずからを称した。彼は「軍事費を貧困や環境問題の解決に使うべきだ」とも述べている（「東京新聞」二〇一六年四月七日付）。

ちなみにウルグアイは人口が約三四〇万人、面積が一七万六二〇〇平方キロメートルの小国である。人口は世界で、下位から数えて三〇位になる。

いわば先進国の社会的しがらみに縛られない小国だから、社会的に仕組まれてしまう貧困を免れられるのだろうか。

いや、彼が「貧乏とは少ししか持っていないことではなく、無限に欲があり、もっともっとと欲しがることです」と言うことが大事だろう。

有言実行。彼は大統領時代、報酬の九割を慈善団体に寄付した。よって大統領という最高額所得者の中で、彼はもっとも貧しいのである。

じつはわたしも、「貧困」とは貧困感にあると、述べたことがある（「格差社会を生きた山上憶良」『文藝春秋』二〇〇九年十一月号）。もちろん一日一ドルという絶対的貧困の存在はあるだろう。しかし、生活の自足という面からいえば、貧困を規定する数字を出すことは不可能である。

だからムヒカ氏の「世界一貧しい」ということばには、輝くばかりの自負が見える。

少し古いことだが、バングラデシュのムハマド・ユヌス氏のグラミン銀行が話題をまいた。無担保で三五〇万人の最貧困層の女性たちに融資しながら、返済率は九九パーセントだったという。

はたして担保もなく貧困者に金が貸せるのか、誰でも首をかしげるだろう。わたしもその一人で、その秘密を、氏自身に聞いてみたことがある。答えは「仲間の手前、返さないことなどできないのです」。

日本といわず小賢《こざか》しい先進国のどこも、この見事さをもう取り戻すことはできない、とわたしは思った（拙著『日本のかたち　こころの風景から』産経新聞出版、二〇〇五年）。

元金をネコババしなくても、どんなにささやかでも、みずからの勤労による収入があれば、善良な人びとは喜びを仲間と分かち合って、生きていけるのである。

ムヒカ氏の報酬の辞退も精神をひとしくするものだろう。

はたして自分の収入を減らして民を豊かにしようとする政治家は何人いるだろう。日本人でも、たった一人しか思い浮かばない。五世紀の王とされる仁徳《にんとく》天皇である。

天皇は民家のかまどから上る煙が少ない、つまり民の生活の貧困に気づいて三年間税金（当時のことばでは「課役《かえき》」）を止め、みずから貧乏に甘んじたと伝えられる。「国民が貧しいのは天皇の徳が貧しいからであり、国民の生活が豊かなのは、天皇の徳が豊かな証拠だ」と言ったといい（『日本書紀』）、『古事記』では免税の間、宮殿が壊れても修理せず、雨漏りは容器に受けて、居場所をかえて暮らしたと記されている。

しかし、この間天皇には極貧感などなかったはずだし、国民も三年間にやたらと富裕になったとも思えないが、喜びにみちて暮らしていたに違いない。要するにムヒカ氏の「貧困は欲しがることだ」という民衆の真面目な心に対応できる聖天子だったということだろう。

やはり貧困の課題の中心が、ここにあるのではないか。

「もうける」とは何か

わたしは以前（二〇一三年）、今日の日本が浮遊しているのは行き先不明だからで、そのためには日本の原点を明らかにしたいと思い、「日本の原点を求める～混迷する現代のために～」というシンポジウムを三回企画、開催した。

それぞれの回のテーマを文化、政治、経済とし、わたしが問題の提起をしたのちに、三人の講師の話を聞いて、最後にまたわたしが総括するという形をとった。

たとえば、経済の回では経済学者の岩井克人《いわいかつひと》氏、文化人として五木寛之《いつきひろゆき》氏の登壇を願った。

この時わたしは原点を日本のことばに求め、その内容を吟味して将来像をつかみたいと思った。

さてそこで、まず注目されるのは、古くから日本人が売買という商行為を「うる」と「かう」ということばで認識してきたことだった。当然、売り手は「得る」つまり得をする。ところが一方の買い手は「交う」すなわち、品物と金を同価値と認めて交換すると考えた。この単純な商行為が基本となって、利益による富裕者が誕生する。

いや、買い手もその辺りの損はよく承知しているが、商品を自分で作り出すことができない代わりに、その分の付加価値を上乗せして物を金と交換するのであろうか。これが生産者と消費者の関係である。

しかし、つねにこうであれば「経世済民」(経済が世のため人のためになる)という経済は成り立たない。だから、経済の鉄則は相互に売り手となること、売り物の付加価値を評価することのはずだ。

このルールに反して、つねに買い手、つまり消費者に終始すれば、その人はいつまでも貧困を脱することはできない。要するに脱貧困の基本は、何らかの生産者になることである。

一方、売り手にも問題がある。「得る」こととなったプラスαの価値を「儲け」と呼ぶ。

これこそ交換に成功した利得で、才覚もあり、手腕も優れ、また時と所にも恵まれた結果で、みごととしか言いようがない。

が、さてこの利得を「もうけ」と呼ぶ正体は何か。

辞書を見れば誰でもわかるとおり、「もうける」には「あらかじめ準備をすること、利益を得ること」と書いてある。そこで大事なのは、この二つが別々の場合を指すのではなく、本来このことばが二つの全部を意味することである。

何と、利益を得るとは、次に向けて先立って準備をすることだと考えたのが、日本人だったのである。それと気づかずに、高値で売れる旨みに酔いしれて、売り手がすべてを自分の所得と考え、賭け事などに使ってしまう——つまり一〇〇パーセント消費者になると、もう原資がないから生産者から脱落する。

あげくの果てには、日本は福祉政策に欠ける！

政治家がよくない！

と、他人事として喚くことになるだろう。

そんな愚かしいことを、日本人の祖先は少しも教えてはいないのである。「うる」と「かう」の差から資金ができた、さあ次つぎと生産者となって、安穏な生活をしなさいと言ってくれるご先祖さまに、こんな体たらくでは、申しわけない。

病気についても、薬品の力も借りながら、みずから健康を保つ自己努力が必要であった。同じように貧困についても、福祉制度その他の税金という善意の国民の力ばかりに頼らず、みずから生産者になる自己努力が必要であろう。

さあ、いまからすぐ、儲けようではないか。

創造者になろう

いつまでも消費者でいては、生活が豊かにならない。だから自分を生産者に変えよう。

じつはこの「変える」こと――何にせよ「交換」こそが人生のもっとも大切なキーワードだ。

この問題にいち早く気づいた人に、大阪の商人学者・山片蟠桃《やまがたばんとう》（一七四八～一八二一）がいる。彼は難波の大店《おおだな》の番頭だったので、同じ発音の雅号を名乗った。そんな実践者だから、発言には重みがある。

こんなことを言う。

地方で木を伐って難波に出すと、難波ではそれを使って箪笥や長持を作って高く売る。地方の者はそれを買って帰る。だからいつも田舎は貧しく、都市は豊かなのだ、と。

ここでその通りだと思ってしまってはいけない。

木だって生えてきて成長したまんま売り物になったのではないだろう。何年も育てた後で売るのだから、工夫して商品にするのがよい。

「田舎」の民だって、生産者であることを自覚する必要がある。

だから「貧しい田舎」を当たり前と思い込んでいることがいけない、この因循《いんじゅん》を変えなさい、とことばをつぐ。

悪い習慣に気づき、豊かな田舎を実現しよう。「民は邦《くに》の本」なのだから。

そこで蟠桃は「変えよ」を連発する。

一遍で変わらなければ二度変えよ。二遍して変わらなければ三変すべし、と。

少なくとも、これほど「変える」ことを唯一の条件とした人を、わたしは外に知らない。

わたしはこのことから「不可能は可能の第一歩である」という造語を思いついたほどだ。右の場合は二度不可能だったのに、三度目は可能だったということである。

それでは、どうすれば変えられるのか。

何か特効薬があるのかといえば、その答えも、予想に反しながら、核心をついている。まず聖人・賢人の教えをよく勉強して、自分からその実践を心がけなさい、と言う。

このような自分であってこそ初めて、どのようにやり方を変えればよいかも、探りあてられるはずだ。

つまり、蟠桃の実践のすすめは、まず人間としての修養が必要で、そのうえでよい手段も自然と出てくる、という考え方である。

とかく世間では、方法しか教えてくれない。やり方を知っていれば何でもできる、と考えがちだが、蟠桃は真っ向から、それを否定する。

なるほど、素材のうえに工夫を凝らし、技術をもって品質を向上させるのは自分なのだから、上等な品物とは、素材のうえに作り手の人間力が加わったものだ。

だったら儲けとは人間力によるものに他ならない。人間力のある自分に自分を変えることしかない。

まずは人間を磨くこと。そのうえで因循をたち切って、決定的に現実を変更し続けること、それが豊かになる秘訣なのだと山片蟠桃は説いたのである。

山林の民も木材の生産者であり、従前の都市でしかしなかった加工の一部にも生産者として加わること、その目標に向かってどんどん自分の変更を重ねていくこと。

このすべてに聖賢の道に従う前提がある。こんな心得があれば、必ずや「邦の本」である民も豊かになるという考えを、もう一度味わってみよう。

もとより、山の民は一例にすぎない。どんな仕事でも原理は同じ、ほんのささやかなことでもいい、すべてに創造者になることが豊かな生活者となる秘訣なのである。

神話が語る「交換」

経済の上で立場を交換することの必要性は、すでに江戸時代まで遡って、山片蟠桃《やまがたばんとう》の書物にも力説されていた。前項でみた通りである。

しかし、交換のテーマはもっともっと古くからとり上げられている。すでに神話から拾うことができるほどだ。

まず一つは、天上の神さまの話をあげよう。

例のアマテラスという太陽神は、弟の暴れん坊、スサノオと力を競い合う。二人はどんな競争をしたかといえば、何とお互いの持ち物を交換して力を争ったのである。アマテラスは弟から大刀を、スサノオは姉の持ち物の玉を。その結果、アマテラスは弟の大刀によって男の子を産み、対してスサノオは姉の玉から女子を得た。するとスサノオは大喜びして叫んだ。俺は女の子を得た。だから勝ったと。反対に男の子を得たアマテラスは黙るしかなかった、という。

この話、それぞれが相手の力を奪い合うことで勝負を決めようとするのは、経済的に言えば富の競い合いであろう。どちらでも利益があれば取引きは成功したことになる。

いま、仮に玉のような女子を文化力と呼び、大刀のような男子を武力と呼べば、遥かに高級な文化力を得ることに価値があり、この「交換」はスサノオの勝利となった。大刀は玉より、武力は文化力より劣るというのが、この神話の価値観である。

もう一つ、海幸彦と山幸彦の神話にも、「交換」の主題がある。元来、山を支配していた山幸彦は、強く希望して、嫌がる海幸彦から釣り針を借りて魚を獲り、その結果海幸彦は山幸彦の道具（たぶん、弓矢だろう）を持って山の獲物を獲ることとなった。

ところが、山幸彦は釣り針を失くしてしまう。にもかかわらず海幸彦は「やっぱりいままで通りの狩りや漁がいい。元通りにしよう」と言って釣り針を返せと山幸彦に迫った。

そのあげく、山幸彦は海神の助力を得て釣り針を返し、海幸彦を攻め滅ぼしてしまうという結末を迎える。

結局、収穫の手段を変えたがらなかった海幸彦が滅び、積極的に交換したがった山幸彦が山と海ともどもの支配者となった、という話である。

途中で返却を求められて困った山幸彦が「代わりに一〇〇〇本の釣り針を作って返したい」と言ったのにも「いや、元の本物の釣り針を返せ」と言ったという件《くだり》もあり、現状の不変更にこだわる主人公の姿も描かれる。

要するに生産手段を変えない者が全財産を失ってしまう結果を背負い込み、一方、しきりに手段を変えたがった者が、途中での失敗にもかかわらず、結局は外部からの大きな助力にも恵まれて、双方の全財産の所有者となった。

どうであろう。日本神話の中にこんな語りがあるとは、どれほどの人が知っていただろう。

しかし神話は神話で、物語は物語で、それぞれの時代で教科書とされてきたものだから、当然こうした経済上の教訓話があっても、不思議ではないのである。

いや、知らなければそもそもスサノオ話でも山幸海幸話でも、なぜ交換するのかと、奇異に感じられるのではないだろうか。

そうではない。変身にしても持ち物の交換にしても、ごく平凡な日常生活の上での大切な知恵として、ぜひ人びとに持っていてもらいたいと考えた長老が代々語り重ね、語り続けてきた、神さまに事寄せた教訓が、神話であった。

人間は誰もがいつも、みんな幸せになってもらいたいと思うから、こんな話を大切に語り続けるのである。

「サルカニ理論」をどう考えるか

昔なつかしいサルカニ合戦の話がある。が、よく考えてみると、この昔話はいろいろ奥が深い。

柿の種を拾ったというサルは、狩猟採集（動物を相手に狩りをしたり、山の木の実を拾って食べる）型の生活者の代表だろう。一方おむすびを拾ったカニは、水田を耕して稲を育て、米を食べていた水田農耕型生活圏の一員だろう。だから縄文人と弥生人の争いを比喩したものだともいえる。

日本は長い縄文時代の後に、海外から生産技術をもった人びとがやって来て弥生時代が開けた。国家も出発した。国家の発展には何が必要かという示唆もこの昔話には含まれているらしい。

また、もっぱら自然のものをそのまま食べてしまう消費者タイプと、収穫物を蓄えて循環させる生産者タイプを対立させて、その中でカニがサルに勝つというのだから、いつもながらの生産の大事さを説く教訓話だということにもなるだろう。

さらにまた、カニが柿の種をまき、木が実をつけると、サルは枝に登って実を食べ、青柿をカニにぶつけて殺したという。そこで殺されたカニの子どもには大勢の味方がついて、臼や杵、蜂や牛によってサルは殺される。

サルは愚かであるばかりか、悪者とまで決めつけられている。

愚か者こそが悪事を働くのだという人間の実体を教えようとする意図もあるし、日本人好みの復讐《リベンジ》劇も仕組まれている。

ただこれは、柿の種とおむすびの交換から、話がどんどん膨らんでいった後の時代の話の姿である。

何しろ、口で語られる民話は、何にせよ自由自在に話が増えたり減ったりする。子ども時代をどこで過ごしたかによっても民話はさまざまなストーリーがあるから、みなさんも話し合ってみると、少しずつ内容の違うのが、普通である。

そこで大事なのは話の発端、柿の種とおむすびの交換である。

いろいろなバージョンの中から関敬吾が基本として、『日本昔話集成』第一部（角川書店、一九五〇年）に収めた「猿蟹合戦」（山梨県で採集）の話では、柿の種を拾ったサルがおむすびを拾ったカニに「蟹さん、その結びと、この柿の種でくまざあ（交換）っていった」とある。

サルはカニに「組まないか」（「くまざあ」）と言ったのである。右に括弧で「交換」とあるのは、関さんが読者のために加えた説明で、この話を山梨県の人が語った昔ながらのことばは「組まざあ」だった。

もちろん「くむ」ということばが、今日われわれが使う「交換」も意味したことは、いま一番信頼できる『日本国語大辞典』（小学館、一九七二～七六年）にも、方言としてあげられていて、方言の範囲は山梨を含む、秋田、新潟、長野、愛知の五県にわたる。方言には古語の残ったものが多い。

そこでわたしたちは、日本人が「交換」をどう考えてきたかを、はっきり知ることになる。

交換を組むと言う以上、この話の交換とは悪意をもってお互いの物をとりかえることではない。

手段、立場などの交換にしても、結果としての富の交換にしても、日本人の交換は、あくまでも双方が組み合わされた組み構造の上での交換であった。

何しろおむすび（成果）と種（原資）なのだから、「サルカニ理論」とは、一つの成功に向けて組織された役割分担といってもおかしくない。

経済上の原資（もとで）と成果という互換性の中で、善良な原点とは何かという「組み理論」の指摘が、この民話の中にあるとわたしには思われる。

日本人の贈与

サルカニ合戦のサルとカニが柿の種とおむすびを交換したのは、そもそも協力を意味したらしい。サルカニ話の別のバージョンで、一緒に組み合い、田を作ろうと言っていることから、そのことがわかる。

採集民と農耕民の善意の交換であり、集団づくりを物語るものだったのである。

そういえば子どもはよく、自分の持ち物をプレゼントして新しい仲間を作るではないか。

同じことが結婚に際しての結納とその返礼だったり、宗主国《そうしゅこく》への朝貢《ちょうこう》だったりする。

その時、返礼は必ず貰い物より高価でないと礼儀に反する。宗主国は朝貢されると、それを上回る下賜《かし》が要求される。

サルは飢えているいま、いきなり成果物をもらったのだし、カニも食べたら終わりになるおむすびの代わりに、将来を約束された原資を貰ったのだから、ともに高価な代わりの品を手に入れたことになる。

つまりサルとカニは、ともにプレゼントをし合ったのである。そしてプレゼントを贈与と呼べば、贈与＝交換という、立派な経済学上の事例となる。

もちろん悪賢い交換も、人間には発生する。そこまで演出させられたのが、種を実らせた柿の実でカニを殺したサルの物語だ。いみじくも英語のギフト（gift）には、贈り物と別に毒という意味もあるという。

しかし普通はアマテラスとスサノオだって、それぞれ霊力（玉）と武力（大刀）の交換、山幸彦と海幸彦だって、それぞれの幸(収穫)の交換だった。今日風に言うと、富の交換ということになる。

こう書いてくると、聡明な読者はもうピンときているだろうが、じつはわたしは以上のことを、フランスの社会学者、民族学者であったマルセル・モース(一八七二〜一九五〇)の労作『贈与論』(岩波文庫、森山工訳)を念頭において述べている。

モースはアメリカ北部とメラネシア・ポリネシアの人びとを主として、集合的な交換の体系が維持され、発達させられたことを明らかにした。

そしてこの事柄の研究は、インド・ヨーロッパ語族の人びとについてはあまり成果をあげていない、という。

すなわち極めてアジア・太平洋的な習慣なのだが、日本については、何も触れていない。

ただ贈与論には〝アルカイック(古拙《こせつ》)な社会における交換の形態と理由〟というサブタイトルがついているから、以上述べたような「贈与=交換」を古代的な社会の現象と考えていたようで、ヨーロッパ至上主義の枠は出ていない。

しかしヨーロッパにも類例は存在するし、日本に今日なお生きている「贈与＝交換」という習慣は、日本のうるわしい伝統だと、わたしは考えている。

寸話を添えておこう。わたしは年二回ほど開かれるインド政府主催の国立大学設置にかかわる会議に、一〇年間出席をしている。メンバーはほかにインド、タイ、中国、シンガポール、アメリカ、イギリス人らの一〇人ほど。

そこでわたしはその都度、日本の千代紙細工など手軽な土産を持参して彼らに渡す。

すると座長は「こんなことをするのは日本人だけだ」と言って笑う。〝そうだ、これはメラネシア以来の贈与の一種さ〟と、わたしはうれしくなる。もちろん非メラネシア系のほかのメンバーからの返礼はない。

メンバーの誰か、モースの「贈与」に気づいている人がいるのか、いないのか。

ただ、笑顔を見せる座長はアマルティア・セン博士。ノーベル経済学賞の受賞者である。

メラネシアと日本

わたしがマルセル・モースの『贈与論』に強く関心をもつのは、ここに展開するメラネシアの贈与の習慣が、今日にいたる日本人の習慣ときわめてよく一致し、その原形がサルカニ合戦にあると考えるからである。

しかし、メラネシアは赤道の南、パプアニューギニアの東半分やソロモン、フィジーのあたりだから、日本からはずいぶん遠い。そんなところの習慣が、はたして日本を考えるうえで有効かという疑問があるかもしれない。

そもそも、DNA鑑定によると現代日本人のDNAの約八〇パーセントは中国、韓国系となるが、残りの二〇パーセントは大陸にルーツをもたず、系統不明だという。つまり日本は、一〇〇パーセントの大陸圏にはいないという歴史の貴重な証言である。

それを裏書きするように、縄文時代には東南アジア海上の石器文化をもつ人びとが、黒潮に乗って北上してきた証拠が日本各地の遺跡に見られる。

人類学者は言う。約五万年前にユーラシア大陸の東南部からスンダランド（当時、ジャワ、ティモール以北にあった陸地）やサフルランド（同じくオーストラリアの北部）へと移住していった人がいた。

その後彼らはさらに黒潮の道をたどって北上した。その証拠が先述した遺跡なのだ、と。

そしてこの人たちは、さらに一部がメラネシアへと拡散・定住し、今日まで生活しているという。

これらの移住は、尾本《おもと》恵市《けいいち》・埴原《はにはら》和郎《かずろう》氏ら人類学者の科学的測定が示すところである。

ただ、永久歯に基づく一つの研究では、まずオーストラリアのアボリジニとメラネシア人が分離し、ついでアボリジニから日本の縄文人が分化した（埴原和郎編『日本人新起源論』、一九九〇年）とされていて、メラネシア経由ではない。

これらの移住説は、上記の日本人のＤＮＡ鑑定を補ってくれるのではないか。これを北方からの渡来民と考える向きもあるが、わたしは彼らこそ非大陸系渡来者、海洋航海民と言うべき人たちで、縄文人のルーツとなる人びとだったと考える。つとに柳《やなぎ》田国男《たくにお》が唱えた「海上の道」の旅人たちである。

かつてわたしは八丈島で縄文時代の遺跡を見たことがあった。島の人は、この島と三宅島の間のすさまじい黒潮の流れを横断して、本土から縄文人が移住してきたとは考えられない、と言う。つまりこの遺跡も台湾沖から黒潮海域に点々と並んで日本本土に到る、洞穴縄文遺跡の一つだったのである。

それらを傍らにおくと、メラネシアから北赤道海流でフィリピンの東へ出て、黒潮に乗ったメラネシア人が当然いただろう。

一方インド洋の西、マダガスカル島に住んだのはポリネシア人とされている。海流はいつも世界最速の交通路である。

メラネシアから日本への渡来があったとしたら、メラネシア人は何を持ってきただろう。彼らの主食はサトイモ。タロイモというその呼び名が、日本ではトロイモと言われたのではないかとは、多くの研究者の説くところだ。ポリネシアではサツマイモを主食の一つとする。イモも遥かな航海者なのである。

また日本の修験僧はホラ貝を使う。法具にすらなっているそれは、本来戦闘の合図として、インド、中国、メラネシアで用いられてきた。

いまや八〇パーセントにおよぶ日本人は弥生以降の大陸文化の歴史に生きる日本人だが、さらに先立つ歴史のふるさとに生きる日本の心を、現代人といえども失うことはできないだろう。「海上の道」をたどってきた日本人のルーツも、現代日本人の大切な持ち物である。

こうした、日本人の心の源流に宿る「贈与」のさらなるルーツを、モースはメラネシアをフィールドとして発見してくれたのではないか。

「黒い小人」とは

日本人の先祖が「海上の道」をたどってこの列島に到来したと説いたのは、民俗学者の柳田国男だが、その弟・松岡《まつおか》静雄《しずお》も、熱心に日本人のルーツを遠い南太平洋に求めたひとりだった。

その『太平洋民族誌』（一九二五年）は一〇〇年近く経ったいまなお、いきいきとした命を失っていない。わたしはいま、すっかりこの書物にあふれたロマンの虜《とりこ》になっている。

とりわけ、彼が何遍もいろいろなところで取り上げる、つまり南太平洋史上重要な鍵を握る民族に、わたしの目は釘づけになった。

その人びととは黒色の矮人《わいじん》。小柄（松岡によれば身長一・四九メートル）な黒人で、メラネシア（南西太平洋、オーストラリアの北東の島々）に最初に住みついた人びとらしい。

「メラネシア」とは「黒い島国」を意味する。黒色人種の多い南太平洋の中で特にそう呼ばれるからには、他と人種の違う人びとの居住地だと推測される。

そして彼らをインド起源とみる説もあるが、オーストラリアからフィリピンまでの諸島に起源を求める説には異論がないらしい。事実、ニューギニアの山中にはいまも短身短頭の民族がおり、フィリピンの少数民族・ネグリトも矮民族だという。

また、ニュージーランドのマオリの伝説では、彼らの遠い祖先がメネフネという矮人の土地を通ってきたと語るが、タヒチにも同じ名の矮人がいたと松岡は言う。このメネフネはメラネシアの中のフィジー島の王の名にも見えるという。マオリはフィジー起源の民族であろうか。

しかしその後、メラネシアにはポリネシア人が来航して、現在のメラネシア人が形作られた。こうしてできあがったメラネシア人は精霊《スピリット》を信仰し、死界を地下と考え、火山坑をそこへの通路と信じた。

また屍体との接触を避け、長老専制《ジェロントクラシー》を敷いた。

そこで原メラネシア人の体の小さい縮毛の黒人は、リヴァースの『メラネシア社会の歴史』(一九一四年)などには「原始人」として扱われることになる。

と、以上松岡の記述から「黒い小人」像を綴り合わせてみたのだが、さてこのような松岡の素描の中に、おぼろに浮かんでくる黒い縮毛の小人が、何ゆえにわたしを興奮させるのかは、もう言うまでもないだろう。

例の中国の『魏志倭人伝《ぎしわじんでん》』、また志賀島《しかのしま》から出土したとされる金印に「漢委奴国王《かんのわのなのこくおう》」

とあるからである。中国から「倭人」（小人）と称された太古の日本人のことは、松岡の空想の中にも、当然浮かんでいたであろう。彼は慎重に、決して断言しないのだが、それなりにさりげなく、しかも熱心に、この黒い小人の姿の周辺を語り続けるのである。

現代にあっても、モンゴロイド系の韓国人には少ないメラニン（黒褐ないし黒）色素が、日本人には多いという。弥生以降、モンゴロイド系の民族をいかに受容しても日本人の中になお消えない、縄文を思わせる「メラ」なる肌色と、一昔前の日本人の体形を思い浮かべては「なぞの黒い小人」に吸い寄せられる心を、止めようとしていない自分に気づいて、わたしは驚く。

ちなみに松岡は、以上のようにメラネシアと日本との近似性を数々暗示させるばかりか、ニュージーランドの天地創造の火山神・マウイ信仰まで「私のいふ黒毛短身の原始民族の信仰ではあるまいか」（上掲書）と言うのだ。

松岡は海軍大佐に昇進するまで軍籍にあった。昔の武人は、教養においても一流なのである。

実物と代物

太平洋上に浮かぶ小さなメラネシアの島々が、意外にも日本と関係が深いとなれば、メラネシアに基づいて説いた、モースの贈与・交換論も、もう少し考える必要が出てくる。

といっても、メラネシア系かもしれない日本人が経済の仕組みを習った先は、メラネシアではない。お隣りの先進国・中国からである。

しかもそれは、驚くほど昔のことだ。七二〇年にできた『日本書紀』の持統元（六八七）年七月に、女帝が詔《みことのり》を発して「負債者に対して、二年前の六八五年までの利を徴収してはいけない」と宣言している。

元本《がんぽん》についてはすでに前年七月に「百姓が貧乏だから、稲と資財《たから》を貸した者は、すべて免除《ゆる》せ」と詔している。

ここに負債とか利、資財という単語が出てくるのは、当時の日本が中国から経済学を輸入して、一生懸命に勉強しようとしていたからである。

勉強は、いまも昔も外国語をどう翻訳するか、から始まる。幸いなことに、右の中国語には次のようなフリガナがある。

債は、モノノカヒ（イ）
利は、コノシロ
資財は、タカラ

資財はさておき、わたしにはこの中国語と日本語（やまとことば）の対応がまるで宝物のように、輝いて見える。日本人の物の考え方が、ズバリ表れているからだ。

まず債。これを「物の代わり」と理解した。具体的には春に稲の種籾《たねもみ》を役所なり、富裕な農民なりから借りて稲を育て、秋に収穫物の中から元本相当分を返す。債はこの返却物を指すのだろう。

もちろん種籾と収穫した稲の籾では、実物は違う。だから価値は等しくしておく必要がある。

価値が同じなら、現代人は種籾と収穫物が物として同じか違うかは全く問題にしない。しかし、古代日本人はわざわざ「物の代わり」と称するほどに、物にこだわった。そのことに、わたしはいま大事なものを感じる。

次の利、これも同じだ。「このしろ」とは「子の代」。やがて利子ということばもできるように、利益は「貸し借り」という交換行為を親として生まれた子なのである。ならば利は「利」だけでよいのに、わざわざ「子という代物《しろもの》」と言わざるを得ない日本人感覚が見える。

ご存じのように古典では、たとえば月そのものを「月しろ」と言いながら、壁では代わりの物を「壁しろ」と言う。いや、いまでも「身代金」だとか、「あいつは大した代物だ」と言う。要するにその物でありながら別物でもある場合、これを「しろ」ということばで表現したことになる。

本人逮捕を目指す犯罪処理には、甚だ迷惑だが。

この考え方は、「うつ」という日本語にも見られる。「現《うつ》し身」と言いながら、「移す」「写す」「映る」とも言う。

これらの中には、「変化」を経ても変わらない「物」があるという、固い信念がちらちらしているではないか。

このようなことばの「しろ」の一つとして、贈与・交換の間に生じた差「子の存在」を考えたのが、古代日本人の経済学だったのである。

一体、実体が別なのに実物だと言うこの考え方を、自然科学を尊重する物質文明の中に生きている現代人に、どう説明すれば納得してもらえるのだろう。むずかしい。

辛うじて言えることは、祖父の死後に生き写しのような孫が生まれると「あ、おじいちゃん」と驚くことも少なくないことだろうか。

祖父と孫はもちろん実体が同じではない。しかし、「実物そっくりだ」という感想を漏らすことは、しばしばある。

この時、何物が授受されているのか。体をそのまま受け渡すことはないが、幻かもしれない魂といった、何物かの授受を、ひそかに信じることは、あり得る。

それが日本人ではないか。

「もの」の甲斐性

『日本書紀』では、持統元（六八七）年秋七月に、農民に種籾《たねもみ》を貸して収穫の後に返させる制度の元本《がんぽん》を「債《さい》」と書き、日本語では「もののかひ（い）」とあることは前項で紹介した。

「もののかい」とは「物の代わり」という意味だと述べたが、この「かい」という日本人の考え方をここでもう少し考えたい。

今日でも、名著といっていい大槻文彦《おおつきふみひこ》編集の辞書『大言海《だいげんかい》』（一九三二年）には「かひ」の項に「代《カハ》ルベキモノ。カハリ。アタヒ」とある。

見事な説明だと思う。十分に代わりになる別の物、またその価値自身を古代日本人は「かい」ということばで認めたのである。

当然「かい」は「交ふ（う）」の名詞形である。「売り買ひ（い）」の「かい」も同じ。

その時代、農民は種籾を後払いで買うという貸借関係を結んだから、債（借り）が発生した。

逆にいえば、種籾が債を発生させた。これが「もののかい」で、立派な甲斐性である。種籾の「働き甲斐」もあったことになる。もとより「甲斐」は当て字だ。

広く交換関係の中で十分価値が認められた場合、よろず価値を生む人間は、甲斐性があるとされ、高額な賃金をもらえば、仕事もやり甲斐があったことになる。

次に、交換関係には、当然契約による相応分の「代《しろ》」の設定がある。

ところが『日本書紀』と同じ時代の『万葉集』では、「かい」を「代」の字で表現した。

味飯《うまいひ》を　水に醸《か》みなし　わが待ちし　代《かひ》はさねなし　直《ただ》にしあらねば
作者不明（巻一六―三八一〇）

（わたしは上等な米を水といっしょに噛んで醸造した酒を用意して待っていたの

に、その甲斐もなく、あなたは来なかった）

女が待つ甲斐もなく、男は来なかったらしいが、そこで甲斐は「代」と書かれている。

この漢字の「代」は、弁当代とか車代などに、いまも生きている相応分を示す漢字である。

冒頭に述べた『日本書紀』の記述は債＝「物の代《かひ》」と並べて、利に「子の代《しろ》」と書く。すなわち予想される価値の相当分も、同じ「代」という漢字によって表現したのである。

なんのこともない。当時の政府と農民は、種籾の甲斐性と新たに誕生した利潤としての稲の、二つながらの「代《かひ》」と「代《しろ》」の関係で結ばれていた。

ここで、資本主義は大昔からあったというおびただしい議論に踏み入ることも可能だろうが、もっと大事なことは、古代日本人が債や利にまで、わざわざ「もの」だの「子」だのを、なぜ持ち出すのかという疑問だろう。

種籾はすでに消えている。なのに「もの」を持ち出していわなければならない理由は何か。

利潤にしても抽象的な概念で、姿はない。にもかかわらず、なぜ親子関係を持ち出さなければ表現できないのか。

古代日本人が「もの」の甲斐性をいかに強く認識していたか。「もの」のこれほどの増殖に、わたしは驚くほかない。

血と肉

文豪シェークスピアの『ヴェニスの商人』は有名なお芝居で、わたしも中学生のころから知っていた。

同様の人は多いと思うが、さてこのおもしろ味は、どこにあるのだろう。白状すると、少年のころには、さっぱりおもしろくなかった。

お金の借り手は、期日までに借金を返済できなかった。ところが返せなくなると、「たしかに自分の肉を渡すとは言ったが、血まで渡すとは言わなかった。だから貸し手のシャイロックは肉を削り取ることができない」とは、詭弁《きべん》ではないか。

これでは詐欺師《さぎし》だ。詐欺に感心しろというのかと、腑に落ちなかった。

さらに大学でシェークスピアを応援するかのようにギリシャの「詭弁学派」を教えられた。しかも「詭弁学派」がソフィスト（智者）の訳語だというから、かの崇高なソフィア（智恵）が汚されたようで、不満だった。

そして数十年後、猿蟹合戦に始まる「交換」を考えているうちに、ほかでもない『ヴェニスの商人』に思い及び、『貨幣論』の畏友・岩井克人《いわいかつひと》さんの名著も拝読して、やっとおもしろいと思った。

一方、この時に頭を掠めたものは、かつてノルウェーで見た、ハンザ同盟の労働者の遺構だった。彼らは北海の棒鱈《ぼうだら》を本国へ送っていた。

これが、キリストの肉として崇められるからだ。

すると洗礼の時の、キリストの肉であるパン、血であるワインも思い出された。

そこで『ヴェニスの商人』が、また頭の中に浮上した。

たとえば、食肉を売り買いするユダヤ人には、血こそ無用な厄介物だろう。しかし、聖者キリストを尊崇するキリスト教徒にとって生身の血と肉は、厳然として一体のものだ。

この芝居の根底に、ユダヤ人とキリスト教徒との対立をおかないと、まったく意味がない。じじつ、やがて高利貸しのシャイロックはキリスト教に改宗する。

取り引きに、食肉の売り買い以外の人間の生身を持ち込んだのは意表をつく穿《うが》ちといえるだろう。と同時に、これはシェークスピアの卓抜な文明論と考えてよい。

そのうえにさらにおもしろいことは、世の中とかく商人が嫌われることだ。

中国では上海人を、奴らは商売人だ、と言って煙たがる。

その中国の歴史は古い。古代、商の国の民が利益に敏かったことから、売り買い上手な商の人を「商人」と呼んで、軽蔑した。

中国文化に学んだ日本でも、江戸時代には士農工商という身分差別が建前上あったといわれる。

もちろん、これらの例には、金の廻りが悪い「高楊枝」風の人間からの妬みも少なくないだろう。

わが仏尊しとして、商人をいやしむ風の証拠のような一文もある。

日本は奈良時代から、中国の律（刑法）と令（その他の法）を導入して周の時代をお手本とする政治を行ったから、官僚を採用する試験制度もそれに倣った。

その例の一つ。高級官僚の途を歩む「秀才科」の試験に方略（大要のこと）を問う試験をし、文章もことば正しく、記述も理に適った答案を最高評価せよ、とあるのだが、さてそこに、「例えば」として出題のサンプルが記されている。

その例には「なぜ周の時代には聖者が多く、殷《いん》の時代には賢者が少なかったのか」とある。

お手本の周代は疑いもなく聖代。一方殷とは、商の時代を指す。すなわち商売上手な人が多かったことを指して、賢者が少なかった、というのだ。

ユーラシア大陸の東と西、商人は災難ということになるが、もとよりわたしも、小《こ》賢《ざか》しいのは嫌いである。

チとカラ

血が迷惑千万だった『ヴェニスの商人』の登場人物・シャイロックは、日本人が血も乳も、おまけに霊（不思議な力、大蛇《おろち》、雷《いかずち》など）までみんな「チ」と呼ぶことを知ったら、どう思うだろう。

日本人は血も乳もその根っこに、霊があると考えたのである。

いま、タンポポの茎を折った時のことを、思い出してみよう。どっと乳があふれて「あ、血だ」と思ったことはなかったか。

そのうえ「チ」に、「物そのまま」という意味の「カラ」（柄）ということばをつけたのが「血カラ」＝力である。旺盛な行動力は血がもたらすものだとは、今日の自然科学と一致する。

そしてこの力（血カラ）は、もっとも父にふさわしいと考えたから、父を「チチ」と呼んだ。

では、母はどうか。彼女を旺盛な力から評価するなら、同じく最大の力として乳をもつ。だから乳を「チチ」と名づけた。やはり力（乳《ち》カラ）の持ち主である。古いことばでも、母のことを「足《た》ら／乳《ち》／ね（十分な／乳をもつ／盤石）の母」と呼んで尊敬してきた。

赤ちゃんは乳がなければ死んでしまう。

さて今度は、カラことばを並べてみよう。血カラは人ガラ、家ガラと展開する（カを喉の奥から発音するとガになる）。

するとまず、「血カラ」とは、万人の個体力を言うらしい。

人間はどこか悪くなるといち早く血が活発化し、「血カラ」で異常を防ごうとする。

ついで人柄（人ガラ）とは、人間力を指すことばではないか。

だから人柄には人間としての完成度、そのおのずからの発揮が期待されていると思う。

ところで人柄と似た中国のことばに「人格」がある。

人格とは個人としての格式を問題にするものであろう。

一方のカラとは「そのもの」のことだから、項目を数え上げて格を計ることはできない、人間としての存在そのものの滲み出てきた様子が人柄である。

人間としての自然な様子と、獲得したステータスとは、まるで中身が違うではないか。

そこに自然な日本人の価値観と、人為の結果を問題とする中国人の価値観との違いが目立つ。

やはりわたしは「人柄」を大事にしたい。

さらに、家柄も以上と並べると、内容がよくわかる。つまり家という個人を取りまく一つの単位が作り出す好ましい集合力が家柄ではないか。

したがって先の人格と人柄同様、家の格式と家柄は別である。

とかく家としての歴史を家柄と説明しがちだが、家柄は家そのものの力だから、家が衰微していれば、家柄は何の力も発揮しない。

なにしろ日本人は、素（そのまま、そのもの）が大好きだから、手柄だの場所柄だのと「ガラ」のオンパレード。「お日柄がよい」とまで言う。日に成熟度も何もあるわけではないが、暦を調べて大安吉日だと「日ガラ」がよいと言いたいのである。

こう思いめぐらしてくると、かのシャイロックにもっとも肝腎なことは、血が自分の思うようにならない自然のものだということだろう。肉を取れば必ず流れてしまう。

人間の意のままにならない物の不思議な力。それをもつ人間の貴さ。

やはり血は霊だ、肉は霊ではないと思ってくれれば、それが大商人の力となり、彼の人柄をも、ひいては家柄をも作り上げるはずである。

第四章　令《うるわ》しく平和に生きるために

世界中の軍隊よりも強い

昨年（二〇一五年）十一月十三日、フランスのパリでテロリストによる大量の市民殺傷事件がおきた。新聞の記事でさえ、目を覆うばかりの惨事だった。

フランス政府は早速、ＩＳ（イスラム国）への非難と報復を発表し、空爆を強化した。

ところが一方、一週間後の新聞各紙が、パリ在住のジャーナリスト、アントワーヌ・レリスさんのフェイスブックに載せた一文に、二〇万回以上の共感が寄せられたことを報道した。

「テロリストへ――『憎しみという贈り物はあげない』」（「朝日新聞」二〇一五年十一月二十日付）という一文がそれである。

そもそもテロ自体が、フランスのＩＳへの空爆に対する報復であり、「やられたらやり返す」こと以外に、いまの世界は手段をもっていない。

さらに大きく言えば、現代では何事も単純に正邪、善悪が区別され、白か黒か、敵か味方かの対立しか存在しない。攻撃に対しても反撃しなければ勇気がないどころか、不道徳ですらある。

それが当たり前と思われている現代に、テロで三十五歳の妻が銃弾で撃ち抜かれ、幼い息子と二人、後に残された人がテロリストを憎まないと言うのだから、彼の発言は、よほどの決意によるものだったに違いない。

では、彼はどう考えて、憎まないと言うのか。

まず、テロリストは無知の者だから憎悪という贈与にすら値しないと言う。

ここでわたしはヒトをホモ・サピエンスとよぶことを思い出した。サピエンスとは知性のことだ。知性をもつ者こそ人間なのだから、彼らは人間以下なのである。たしかに善良で罪のない人間を無差別に射殺するなど、虫けらの行為だ。

さらにレリスさんは言う。

「銃弾は自由な魂を殺すことはできない」。だからわれわれ「家族はこれからも魂の天国で巡り合うだろう」、と。

もし他人の出来事についてこう言うのなら、そのことばは無力にひとしい。しかし、亡骸《なきがら》と再会した彼は、恋に落ちた時と同じように妻が美しかったと言う。みずからの魂の戦《おのの》きの中から、愛の永続を告げた。

もちろん彼は悲しみにくれる。だがテロリストたちは小さな勝利は得たにしても、魂の自由を奪うことはできないと彼は語る。生死を超える大きな魂の自由を告げるのである。

わたしとて、生きるとは、あまたの死に出合うことだと思う。それらの死を引き受けつつ、悲しみの鋤《すき》によって心をより豊かに耕していくことが人間のつとめである。魂の自由を強奪することは、だれにもできない。

そしてわたしはレリスさんが、悲しみという情念をふりかざしてテロに抗議するのではないことにも、深く心を動かされた。

レリスさんにとって悲しみ以上に大事なことは、魂の自由があるかないかであった。「やられたからやり返す」という単純で不自由なルールの中に組みこまれてしまうほど、残された者は弱者ではないと、彼は宣言した。

「わたしと息子は二人になった。でも、世界中の軍隊よりも強い」、と。

真に強き者とは憎しみ合う軍隊のことではないのである。

人間はなぜ争うのか。報復という手段ははたして美徳なのか。魂の自由を奪う争い合いの中に、どのような未来の展望があるのかを、世界中の目が静かに見つめているように思われる。

平和憲法

とにかく日本は、古くから「やまと」と称し、大和と表記をするのが普通だった。

そして、和食、和服と、和はすなわち日本のことと、思うようになった。

だから大昔の六〇四年、聖徳太子が「十七条の憲法」を作って、冒頭に、「和を以《もっ》て貴しとなす」と宣言しても、和は和食、和服の仲間と考えられかねないし、せいぜい「人間は仲良しが大事」ていどに思われてきた。

しかし、違う。

じつは日本はこの前年まで朝鮮の新羅《しらぎ》と泥沼の戦争を続けていた。ところが、兵二万五〇〇〇とともに派遣した将軍が九州で病没、次に派遣した将軍も同伴した妻が播《はり》磨《ま》で死亡したことをもって軍を引き上げてしまう。

そこで政府は「遂に征討《う》つことをせず」と終戦宣言を出す（六〇三年七月）。これを受けて翌年四月に発布されたのが「十七条の憲法」である。つまりその第一条は終戦による平和宣言だったのである。

一三〇〇年の歳月を経て、まったく同様の平和憲法が一九四六年に発布された。その祖形となる英断であった。

ではなぜ、聖徳太子は、これほどの決断をしたのか。知識の中に古代インドの聖王、アショカ（阿育）王の前例があったに違いない。

アショカ王（在位BC二六八頃～BC二三二頃）は前半生、勇猛な王として強大な帝国を築いた。しかし、そのために一〇万人の男を捕虜とし、一〇万人が戦死、さらにそれに数倍する民衆が死んだことに悲哀を感じて軍事統一を放棄した。以後、「法による統治こそ最高の勝利」と考え、仏の教えのもとに治国を試みた。事は岩石に刻まれる詔勅の第一三章に見られる。

まさに聖徳太子の宣言が、その引き写しであることは、上にあげた冒頭に次いで第二条に「篤《あつ》く三宝を敬へ」とあることからも、明白だろう。言うまでもなく「三宝」とは仏教の仏、法、僧のことをいう。

武力による鎮圧にかえて、仏教の平和主義のもとに政治にあたることを欲したのである。

もっともそうは言っても、アショカ王の存在を太子が知らなければ、こんな発想は生まれないだろうが、日本のヤマトタケルの伝説はアショカ王の伝説にそっくりで、タケル伝説はアショカ王伝説から作られたらしいし、後に聖武天皇が国分寺を各地に造ったのも、アショカ王が八万四〇〇〇寺を建てたことにならったとされている。

そして、何よりも日本に仏教を伝えた立役者は百済《くだら》の聖明《せいめい》王で、その手から阿育王伝説は日本へ手渡されたのではないか。

インド発の長いアジア路線をたどってやってきたのがアショカ王であった。何しろアショカとは「無憂《むう》（憂いが無いこと）」を意味するのだから、この理想はどんなに遠い旅路もたどってしまうだろう。

こうして万民が戦争の暴虐に気づき、無憂の世界に生きようとする政治理念がいち早くアジアに樹立されたことは、全アジアが永久に記憶すべき文化遺産であろう。

もちろん平和への祈念は仏教によらずとも、どんな思想によってもよい。が、当時は仏教がもっとも身近にあった。と同時にいまでも仏教は世界の宗教のなかで、もっとも平等を愛する宗教と考えられている。

だから聖徳太子も第二条を据えながら、この「三宝」は「生きとし生けるものの帰着点（終帰《しゅうき》）、万国最高の理想（極宗《ごくしゅう》）だ」と、その普遍性を示している。

いやいや、理念だの祈念だのといっても、そんな人間の倫理など、弾丸の前にひとたまりもなく吹き飛んでしまうから無意味だと考えるだろうか。

もちろん武器に倫理など装塡することはできない。

しかし武器を操作する人間に倫理の有無を問うことはできる。

征服民を使え

七〇七（慶雲四）年三月、かねて中国に派遣されていた遣唐使の副使、巨勢邑治《こせのおおじ》が、万里の荒波を越えて日本に帰ってきた。

同時に大使も中国を出発したが、乗船が途中で遭難。改めて一一年後にやっと帰国できたほどの航海だった。

さてこの時、邑治は中国にいた日本人三人をともなってきた。年老いた彼らは、四〇年を超える昔中国に連れ去られ、以後を異土に過ごした男どもだという。

事件は、六六三年の会戦を指す。

天智天皇の二年。この年二月に日本の大和朝廷は将軍上毛野稚子《かみつけののわかこ》に兵二万七〇〇〇を統率させて、隣国百済《くだら》に援軍を送り、新羅・中国の連合軍と戦わせたが、八月、白村江《はくそんこう》の海戦に大敗した。死者のおびただしい流血によって海の水はみな赤くなったと、中国の歴史書『旧唐書《くとうじょ》』は記している。

上記の三人は、この時に中国へ連れ去られた捕虜だった。以後彼らは奴隷となって中国で働かされてきた。が、日本の正使と出会えたのは、夢のような幸運だった。その乞いによって日本に生還できたのである。

では、どんな男たちか。

一人は讃岐《さぬき》の国・那賀《なか》郡（いまの香川県）の男、錦部刀良《にしごりのとら》。先祖が韓国から渡来した一族で、『万葉集』にも登場する中の港近くの住民。朝廷抱え込みの労働者（部曲《かきべ》と言った）らしいから、白村江の海戦に徴発された船乗りだったのだろう。日本はこの海戦に八〇〇艘の船を動員していた。

次の男は陸奥《むつ》の国・信太《しだ》郡（いまの宮城県）出身の壬生五百足《みぶのいおたり》。

信太郡には、一〇〇メートルを超える巨大な前方後円墳があり、かつて一大豪族の居住地だったことがわかる。蝦夷《えみし》と呼ばれる北方各地の異族たちが、次第に大和朝廷に征服されていった歴史の中で、いま信太の男が徴発されたのである。

そして、第三の男は筑後《ちくご》の国・山門《やまと》郡（いまの福岡県）の巨勢部形見《こせべのかたみ》。古く神功《じんぐう》皇后が山門郡の先住民（土蜘蛛《つちぐも》）の頭、田油津媛《たぶらつのひめ》を誅殺したと『日本書紀』にあるから、大和朝廷にずいぶん早く隷属させられた土地の男だった。

彼もまた、いまは巨勢氏の部曲として暮らしていたと見える。

要するに三人は大和朝廷によって征服された土地土地の男だった。

そこで話題が本格化する。

そもそも征服者は次の征服に向けて、既に征服した土地の男たちを必ず戦列の最前線に使う。このルールを征服者が次々と使えば、征服者がいかに貪戻《たんれい》な野望を持とうとも、自らの兵は、一兵たりとも損なわずに支配圏を拡大できる。三人はこの犠牲者たちだったのである。

いやいや、じつは今回の遠征作戦には、さらに大きな大和朝廷のルールどおりの用兵が見られる。同盟国救援軍の先頭に立たされたのは上述のとおり、上毛の君の若きプリンスだった。北関東に一大勢力を誇った毛の君の王権を大和朝廷が倒したのは、当時からそう古くはない。

しかし、大和朝廷はいち早くこの既征服国の若きプリンスの下の、精悍な正規兵を主戦力とし、併せて大小の既征服の豪族の軍兵をかき集めて戦線に送ったのである。

一方で、早々と毛の君の戦力を削ぐこともできる。

だからこれは、何も白村江に関わる兵法ばかりではない。ないどころか、地球上のあらゆる時代のあらゆる地域の戦争というものは、このルールの上に行われてきた。今後も人間のあくなき戦争は、このルールを手放さないだろう。

その残酷な戦争ルールの中に四十余年の虜囚《りょしゅう》の歳月を過ごし、余命いくばくもなくなった以上三人の男のことは、古代日本の歴史書『続日本紀《しょくにほんぎ》』に、わずか数行記され、次のように結ばれている。

朝廷は、その勤苦を憐れんで、重ね着一揃えと、塩・籾《もみ》を賜った、と。「勤」とは、朝廷に対する勤労のことである。

まつりごと

そもそも政治の原点はどこにあるのだろう。

まず中国の古典的辞書は、政は「正」だと説く。正しいことを行うものだという意味だろう。

さらに『周礼《しゅらい》』という中国古代の聖典は、国家を建設する六つの決まりの一つとして、「政」は国家を平らかにし、役人のすべてを正しくさせ、すべての国民を均しく(平等に)するものだという。

『周礼』は古代日本の国家建設にあたって、もっとも根幹とした書物である。

どうだろう。近ごろの「政治」のイメージはまったく違うのではないか。「政治的」というと、むしろ逆の駆け引きを意味したりする、卑しいことばにさえなっていまいか。

さてこの中国の政治を、日本では「まつりごと」という日本語に当てた。ではまつりごと、とは何か。

「まつり」を漢字で書けば祭。「ごと」は〝同様のもの〟を意味した。

なぜ政治と神さまをお祭りすることが同じなのか。

もういまの日本人はお祭りから神輿《みこし》や山車《だし》、華やかな祭礼しか連想しないが、ここで日本人が神さまを祭る根本を、確認する必要がある。

本来「まつり」とは、神の現れるのを「待つ」ことだった。神前に近づいて（これを「お参りする」と言う）、手を打って神を呼び、頭を垂れて出現を待つことが祭りだった。

そもそも神祭りの仕事は天皇の役目。天皇は、神が出現した結果、神の声を聞こしめして、領土を支配《きこしめ》した。それが日本における王の統治であった。

しかし、やがて行政は職業的《プロフェッショナル》な役人が政府を作って天皇の「まつりごと」を代行するようになり、今日に至っている。

これが今日の政治である。

さてそうなると、万人に平等をもたらす中国の政治と、神の声を民にほどこす日本の「まつりごと」とは、まったく傾向が違うように見える。

しかし、神ないし神のごとく、もっとも公平な正義を行うことが統治者の任務だと考える点において、両者は等しい。

その普遍性の上に、日本は日本の「まつりごと」を行うのが政治の原点であろう。

——いや、科学が発達した現代にいまさら神など持ち出されては困る、といった声が聞こえてきそうだが、わたしが言いたいのは、迷信の類ではない。

また、神など持ち出されると、曖昧でどうしようもない、と言われるだろうか。そうではない。

たとえば、昨今の行政にとって、もっとも大事な、毎年度大きな予算要求がある福祉を考えてみても、二字とも示扁《しめすへん》の福祉から神を追い出すわけにはいかない。

福とは「天道ハ善《ぜん》ニ福《さいわい》シ、淫《いん》ニ禍《わざわ》ス」(『書経』)と言うように、正しい天の道にかなう人に与えられるものが、福である。祉も、神から授かるもののことをいう。

良いことをしようと心がけ、みだりなことをしてはいけないと思っていると、災難にも遭わず福が来る。

福祉の手はお役所から来るのではない。良いことをしようしようと思っていると、その結果「福祉」の手が天から差し伸べられて幸福になる。

そのように善良を心がける人の胸に宿るものが福祉なので、お金に恵まれたり、生活に困らなかったりするだけが福祉なのではない。

そんな幸福感の充実を目的とするものが「まつりごと」であり、これを中国で言う

「政治」と等しいと考えたのがわたしたちの祖先だった。

改めて、日本の政治を考えてみたい。

「メガネの男」の失敗

半世紀以上も前になる。わたしが自動車の運転免許を取ろうとして教習所に行った最初の授業で、忘れがたい事柄があった。

教壇に駆け上った講師が開口一番、「お前たち、自動車とは何か！」と一喝《いっかつ》に近い口調で言い出した。

「？」、みんな突然のことでびっくりする方が先だ。

ところが、「そこのメガネ！」と彼が指さし、視線の送られてくる先は、何とわたしではないか。

あー、何という不運！　そんなこと言ったって答えようがないよ。

すると彼はすぐ続けた。「解らんか。じゃ隣！」

あわてて隣の男は言った。

「動く物です」

「うん。じゃ、その隣！」

どうも答えはそんなものではないらしい。

しかしわたしはこの時、しみじみと、質問とは何と難しいことか、と思った。「メガネの男」はもろに自動車の命題を考えてしまったのである。

ただこれは、教師稼業のわたしにとっていい忠告になった。以来、学生が答えに詰まると、まずは「問い方が悪いナ」と反省する癖がついた。

ところがいま、この講師が長年の運転者経験から、教師に変わった時、わが体験の帰結するところをほとんど本能的に問いかけたのではないかと、思うようになった。

何しろ自動車という代物は、恐ろしいほどのスピード力もあるし、思いもよらない重量の物まで運ぶ。そもそも金属でできているのに、右へ左へと躍動しながら人間のように動く。それでいて凶器になる。ほとんど化け物なみではないか。

そこで彼は自動車とは何かと、もっとも重要な本質をついつい質問の形で受講者にぶつけてしまったに違いない。だから次つぎと答え手を探したのだろう。

いやここまでは、じつは話題の入り口にすぎない。そう思うほどに当今の社会ではこまかい方法論ばかりが論じられ、本質論が忘れられているのではないかとわたしは思い続けている。

自動車一つ例にとっても、この道路では自動車事故が起こるから分離帯をきちんとつけようとか、衝突が起こるから、自動停止の装置をつけようとかということになるが、その手前に、事故や衝突を起こす人間の安易さこそが問題なのではないか。

正確に慎重に運転するという、平凡で簡単なことこそ大切だのに。

もっと昨今の大事な話題でいえば、北朝鮮がミサイルを発射するから日本はこれを迎撃せよとか、核兵器を放棄するまで経済制裁を強化しようとかという。

そんなことを一途に言いつのるだけで、現代の危機を免れることができるのだろうか。

その実例は他でもない、過去の日本にある。

戦前の日本は軍縮会議での理不尽な扱いに憤慨して国際連盟を脱退して、経済封鎖を受けながら大和《やまと》・武蔵《むさし》の巨大戦艦を造り、太平洋戦争を起こすまでになった。その結果は万人の知るところである。

あげ続ければきりもない相互攻撃の中で閉塞し続ける現代の国際関係を打開するためには、もっと根幹の、しかも実質的な地球での共存論こそが必要なはずだ。

従来の経緯から当然困難ではあろうが、一方的な犯罪者呼ばわりをやめ、相互の尊敬の下に歩み寄る平和外交の戦いを根強く試み続けるべきである。

もう一度「自動車とは何か」と問われることがあれば、「メガネの男」は「自動車とは、人間自らが動かす物です」と答えたい。

災害誌の始まり

災害と言えば悲惨な実情が書きつらねられるのが普通だが、『日本書紀』にそれが出てくるのは「現代史」と言うべき天武《てんむ》天皇のころのことで、たしかに磯田《いそだ》道史《みちふみ》さんが言われるように（中西進・磯田道史対談『災害と生きる日本人』）、まずはぽつんと、地震ということばが武烈《ぶれつ》天皇(即位前紀)の条に出てくる。しかし一切描写も説明もない。もう地震と告げるだけで、何の説明もいらなかったからだと、考えてよいのだろうか。

では古代人は「地震」をどう理解していたのか。対談で磯田さんがずばり表現しているように「人間が造った建造物は地震にはかなわない」という、たった一つのこのことばが「地震」からのサインだったのである。次のとおりだ。

書紀のこの条は皇太子時代の武烈天皇と、時の大臣家の息子の鮪《しび》が一人の女性を争う歌合戦からできていて、お互いに宮殿・邸宅を誇示し、また悪口を言い合う。その両方の違いは、太子の宮殿、

大君《おおきみ》の　八重の　組垣《くみかき》(天皇の幾重にも造り固めた守りの館)

と、鮪の邸宅、

臣《おみ》の子の　八節《やふ》の　韓垣《からかき》(臣下の飾り立てたモダンな邸構え)

にある。

ところがこうした鮪の邸は、地震で壊れるだろう、と言う。

もうおわかりだろう。流行の先端をいく、贅沢な邸宅はもろくも地震の災害に遭うが、頑丈に造り固めた宮殿はびくともしない、ということだ。ことばを換えて言えば、天地の災害を無視して飾りに飾って造りあげた不心得者の邸はすぐ地震で崩れるが、自然の理を尊重する王者の宮殿は、地震を免れる、ということになる。

まさにこれは、地震とは畏《おそ》れるべき大地からの慢心への処罰だという思想の反映に他ならない。

古代人は地震を、それ以上のものでも以下のものでもないと考えたから、敢えて地震の惨状を言う必要はなかったのである。

同じことを、もう一つ天からの災害についても言っておきたい。

すでに対談では天から与えられる裁きの「天の火」にふれたが、この「天の火」すなわち落雷による火災などを『日本書紀』は「流電」「雷電」と書き、ともに「イナビカリ」と訓《よ》んでいる（神武天皇即位前紀と景行天皇四十年七月）。

いまわれわれが稲光と言うのと等しい。すなわちあの電光を地上の稲を妊娠させる天の光と考えたのであった。

だからイナビカリは別にイナヅマとも言った。ツマとは一対の夫婦の相手、ここでは電光を、妻の稲に対する夫と考えた結果である。

この電光と稲の実りとの関係は、別に電光をイナツルビ（稲の性交）と言うことからもわかるし、この両者の関係は椎茸の栽培にも最近は応用されていると聞いた。

さてこのように電光も、天からの贈り物だから地震同様に畏れ慎むべきものとされたはずだ。神武前紀の記事は、神武の東征を助けた金色のトビの、全身の流電のごとき輝きを述べた表現であり、景行紀のそれは同じく日本の国土統一に功績があった、日本武尊《やまとたけるのみこと》の「神人《かみ》」のごとき姿を形容したものである。

そこで、こう考えた時のわたしの衝撃は、何とも大きい。

古代人にとって、天災や地害はあまりにも明白に、天や神の意志の表れだった。大地が震《な》えた、電光がひらめいたと言っただけで、もう被害の大きさや処罰されるべき人間の大罪は、何一つ語る必要がなかった、ということではないか。

早々と『日本書紀』も現代史になると災害を惨事として掲げ、あたかも不当に被害を蒙ったかのように書くが、さらにさらに、その根底には、これらが人間への譴責《けんせき》であることを、古代人は十分知っていた。

それを人間が忘れがちになったのは、自然科学教がはびこりすぎたからだろうか。言語を絶する人間への叱責として、まずは天子や為政者がそして国民が、災害を受けとめることから災害誌が始まったのだということを、われわれは銘記すべきである。

「本を読まない」とは

昔、学生時代に熟読した本としてシャガールの自伝『夢のかげに』（中山省三郎訳、一九五三年）をあげたことがある。たしか、今日を決定した本について書けと言われた時だった。

その文章をいま取り出してみると「あのリラ色が魂の状態だった」と書いている。若者らしい興奮が恥ずかしい。

ところが、二月末ごろ新聞の、大学生の読書に関するアンケート調査によると、一日の読書時間が「ゼロ」と答えた学生が五三パーセント。半数を超えたのは、初めてだと言う。

これは深刻な話なのではないか。

そもそも日本人は本を「よむ」と言う。「よむ」とは、どういう行為か。ここでも厄介な学問上の手続きは省略するが「よむ」とは「い(忌)む」(慎んで邪悪なものを遠ざける)とも「ゆ(斎)む」(大切にする)とも発音が多少違うだけの仲間、「え(選)る」「よ(択)る」「よ(良)い」も兄弟ことばである。つまり本の中に書いてある内容を「大切にする」ことを、本を「よむ」と言ったのである。

しかし本に限らない。日本人は「人の心をよむ」とも「どうなるか、行き先がよめない」とも言うではないか。

どうも日本人は何事にせよ相手を大切に扱い、善悪を判別することを「よむ」と言ったらしい。

その中でも本にはいっぱいよいことばが詰まっているから、とびきり上等な「よむ」べき行為が読書であった。

みなさんは子どものころ、本をまたぐと、ひどく叱られたのではあるまいか。わたしもそうで、だから本は大切に扱い、必ずテーブルや棚に置いて、踏まないようにしたものだ。

書物が中国から輸入された時、古代人はこのように文章を大事にして読書すると、本は人の心やよい未来を教えてくれると考えて、読書に「よむ」という日本語を与えたのである。

だから「読書離れ」とは人間がこれらすべての習性を捨てることを意味する。

読書離れを電子媒体の普及による変化だと言う人が多いが、いやいや本質的な人間の価値の劣化なのである。

ではどうすればよいか。読者をして大切だと思わせる、「よま」せるに足る内容が本にあればよいだけだ。

そう言えばあれこれ思い当たることも多い。昨年（二〇一七年）ノーベル賞を受けたカズオ・イシグロは受賞のことばで「まずフェイク（ウソ）かと思った。近ごろはフェイクニュースが流行《はや》っているから」とおどけてみせた。大体、フェイクという単語が流行するとは何事なのだろう。

ひと昔前は若者にふさわしい珠玉の教養書があった。阿部次郎の『三太郎の日記』（一九一四年）とか出隆《いでたかし》の『哲学以前』（一九二二年）とか。思い出話をすると、学生時代出隆のお嬢さんと同学年だったから『哲学以前』に父君のサインを頼んだことがある。数日後、困ったような顔をして学友が返してきた本には「よまんほうがよろしいでたかし」と書いてあった。わたしがいっそう精読したことは、言うまでもない。

昔は、昨今のように出版物が氾濫することは少なかったのに、一方で限られた書物、たとえば福沢諭吉の『学問のすゝめ』（一八七二年）は最終的には三〇〇万部も売れるのが明治時代だった。

結局、現代の俗悪な本の洪水こそ、大学生に本を読まなくさせた原因だということになってしまう。

かくして人の心がよめないと紛争が起こり、平和は望めない。

未来がよめないと、空振りばかりの迷走が生じ、生活にことばへの不信感ばかりが募れば、もう荒廃した社会しか残らない。

大学生の五三パーセントが一日の読書時間が「ゼロ」という現象は、こうした未来への一歩となりかねない警告のように、わたしには思える。

どうやら大学生を責める前に、わたしを含めて、書き手が「よまれる」ことばを綴っていくことしか解決策はないらしい。

キンポウゲの花

現代北アイルランドの最高の詩人にマイケル・ロングリーさんがいる。

だが、一〇冊を超える輝かしい彼の詩集は、まだ一冊も日本語訳がない。そのために日本人は誰もが親しく作品を口ずさむというには至っていない。

しかし今回（二〇一八年）、彼に第一回の「ヤカモチメダル」（大伴家持《おおとものやかもち》文学賞）が贈られることとなり、七月二十八日、賑やかな贈賞式が行われた。

ヤカモチメダルとは耳慣れない賞だろうが、大伴家持という古代の詩人、しかも

『万葉集』蒐集の中心となったらしい人物にちなんで、その年富山県が制定した文学賞で、世界における最高の詩人に贈られる。

折しもその年は大伴家持の生誕一三〇〇年。彼が二〇〇首を超える秀歌を残した富山県（当時の越中の国）が、この賞を世界に提案した。

詩は人間の心の最良の糧だ。混迷が深く漂っている現在の世界に、詩心をもつことで人びとが幸せを抱き寄せてほしいという願いがある。

それでは、ロングリーさんの詩は、どのようにこの歓びを与えてくれるのか。

じつは氏の父君は、十七歳で第一次世界大戦に従軍し、重度の戦争神経症を患う。この悲しみを原点とするのが、彼の詩であったとわたしは思う。

かつてベトナム戦線で神経に異常をきたしたアメリカ兵がいた。こう言うと誤解されるかもしれないが、それとひとしい。父君が若年だったから、ケースが似ている。

ロングリーさんの詩の中で戦死が悼まれるエドワード・トマスという詩人も、同様の症状をきたし、陸軍病院に送られて医療を加えられた。この手厚い保護にわたしは驚いたが、やはりその後彼は最前線に送られて、壮絶な戦死をとげている。

父君が同じ運命を辿《たど》らずにすんだ幸運を、一番よく知っていたのがロングリーさんだったはずだ。

そこで彼は、戦争の悲しみを定点として、自然にまた社会に人間のいのちを見続ける詩を書くこととなった。

のみならず、人もよく知るように、イギリスにはカトリックとプロテスタントとの争いが続き、アイルランド自身が南北アイルランドの分離・統一問題を抱えている。

さらに大きくはアングロサクソンとの間の、民族紛争も根深い。

長く紛争の泥にまみれたアイルランドの悲しみ——。

ではロングリーさんは、紛争の中の醜い憎悪を訴えるのか。

いや、まったくそうではない。

たとえば、代表作の一つと思われる長詩「戦没者の墓地」の中には、戦争の悲しみをさまざま描きながら、勝敗など、どの一行にも出てこない。

描かれるものは疲弊した戦争の傷跡、一人ひとりの戦死、無表情な戦没者墓地などである。

ここには彼の、宗教上や民族上の固定した立ち位置はどこにもない。いずれにもノーサイドで、――これはしばしば競技で使われることばだが、敵味方を超えた地平に、一つの生命ある者としての人間が、描かれるだけである。

しかもこの長い戦争詩の最後は、キンポウゲを摘みとる描写で終わる。なぜならキンポウゲの花ことばが「来るべき喜びの花」だからだ。

どうだろう、この詩一編だけでも、彼がいま地球上でもっとも求められるべき詩人だということがわかるではないか。

イデオロギーも思想もいらない。立場が大事なのではない。ただ一本のキンポウゲの花を手に握ることが必要なのだ。

キンポウゲのように困難な冬を耐えぬけば、平和な春がくる。

ちなみに二〇一八年は、第一次世界大戦終結一〇〇年。十一月十八日の終戦記念日にちなんでイギリスの人びとは毎年ヒナゲシの花を戦没者に捧げる。

まっすぐ歩く

むかし腰に痛みを感じた。医師に言うと、
　姿勢を正しくしなさい。背筋を伸ばして。

と言われた。ぇェ？　治してほしいのに！

だから医師に聞こえないようにこっそり言うが、すぐ忘れてしまった。

が最近、はっと気づくことがあった。

友人で杖を使う人も多くなった。みんな姿勢がよくない。その仲間に写真を撮ろうと言うと杖を離して、すっと直立する。その姿はまことに立派で別人に近い。

ところが撮影が終わって杖を手にすると忽ちに元の姿勢に戻り、にこにこと自然な彼になる。

　何のこともない。不自然な〈仕事体形〉を続けたから腰を痛め、正しくまっすぐな姿勢を失うほどに体が曲がったに過ぎないのだ。

あの医師の言うとおり、姿勢を正しくするしか、腰痛を治す方法はないのである。いや、本当に恥ずかしい。こんな当たり前のことを言って。

しかし、さらにわたしを厳粛にしたのは、徳の字を思い出したことだ。この字には彳（行人偏《ぎょうにんべん》）がついている。行いについての文字だ。そして㥁はただしくは直と書き、直の字のことらしい。そして下に心。

要するに正直な心をもつ人の行いを、徳があると表現したのが、この漢字である。徳を積め、徳のある人は必ず人から慕われるなどと、人間は生涯に何度、徳を求められることか。わたしもその一人だが、さて「徳」を目指して励めと言われても、何をどうすればいいのか、とんと見当がつかない。それをいいことにして、徳を心がけることなど、ほとんどしてこなかった（お母さん、御免なさい）。

しかしこうして徳とはまっすぐな行いのことだとわかれば、いつもウソをつかない、曲がったことはしないと考えていればいいのだから、これぐらいのことはできる。平気でウソをついたり、曲がったことばかりしている人も反面教師としてやればいい。お母さんに叱られることもない。

さてそうなると、腰痛にならない方法とは、徳をもつ歩き方をすることになる。
やっと腰痛の処方箋ができた。

治療法　まっすぐ歩くこと

投薬　徳

こうなれば医療保険、介護保険といって、死ぬまで老人自身を苦しめている負担金も少なくなる。

もちろん、もっとも大きい効果は、そう思った時の、爽快感だろう。

これこそ最大の治療効果である。

先に述べた曲がった体を直立させた時の体の風情は、わざとらしくて、何とも悲壮さに満ちている。多分この写真は、何の記録にもならないだろう。

その反対に撮影も「さあ終わり」と言われて杖を手にし、いつもの傾《かし》いだ体形になった時の、その人の晴れ晴れとした顔の自然さ。

ところがこれは病気の方から言えば反対になる。そんな姿勢をしているから、いつまでもよくならない。ダメダメ！　と言って背筋を伸ばさせるべきだが、苦痛を思うと、なかなか言えないのが現状だ。
しかし「君、徳があるってことは、まっすぐの姿勢をするってことだぞ」と言えば、少なくともいま思い浮かぶ範囲の友人は、
おお、そうか
と言うに違いない。わたしも、
そうさ
と言って、二人とも徳の字を習った中学生時代に戻り、爽快感にひたるだろう。杖を持つか否かは別として、みんなまっすぐ歩きたい。人も国も。

母国語が話せるか

アメリカは建国以来三〇〇年に満たない。だから先住民も、つい最近までいたことになる。

その代表的な人たちは南太平洋からの渡航者だろうが、さらに以前からここに住んだ、アジア系の人たちも先々住民として存在する。

むかしアメリカで過ごした折に一夏をかけて、北アメリカ大陸の東西を、楕円形に一周した。その時努めて先住民のリザベーション（特別保留地）を訪れようとした。ところが道を誤ってその一つに迷いこんだ夕暮れ時、思わず一人の少女と出くわしたことがあった。と、その姿は何と京人形がぽつんと、立っているごとくであった。豊かな黒髪をおかっぱ切りにして。

建国が新しいはずのアメリカが深く秘めた、歴史の過去にわたしはしばらく息がつまる思いをした。

ところが最近、もう一つ胸打たれることがあった。

何気なく見ているテレビが「それでは先住民の遺跡に行ってみましょう」と言う。わたしの経験ではアメリカにほとんど先住民の遺跡はない。わずかに保存されているトーテムポールだって移転されたり、朽ちて倒れていたりする。

何か残っているのか。そこはわたしの訪れたことがない、ニューメキシコ州だ。

はたせるかな、期待したような遺跡は出現せず、ただマウンドばかりが映され、「これだ」と言う。

かねて専門家の友人は「そりゃ自然の山と人工のマウンドはすぐ区別できるさ」と言ってわたしを羨ましがらせてきたが、そのとおり、これは人工の山だ。アメリカにも日本的な考古学があるのかと、感じ入った。

しかしマウンドだけでは何も解らない。ところが、画面はやがて新しい建物を見せ、そこに固まって住む人びとを登場させた。アジア系でもない、南太平洋系でもない。なるほどニューメキシコ州なのだから、スペイン人だって先住民になりかねない。

わたしの混乱は、どうも、アメリカ人を後住民と呼ばないことに由来しているらしい。「アメリカ後住民説」は基本的にアメリカの今日を知る、貴重なポイントだろう。

いやこの時、わたしをもっとも考えさせたことは、他にあった。

画面で一人の老婆は、取材の日本人記者に向かって、こう言ったのである。

お前たちは日本語が話せるのか。

わたしたちはわたしたちのことばが話せない——。

発言の前提に、いま日本はアメリカ人によって占領されている。自分たちと同じように、という思い込みがある。

そのうえで「お前たちはわたしたちと同じようにアメリカ語を強制されているのか、そうではないらしい根拠に、いまアメリカ語を話していない。どうも母国語で話しているようだ」という判断があるのだろう。

ただこの誤解が問題なのではなく、「人間にとっての最大の悲しみは母国語を話せないことだ」と言った老婆の発言が、わたしに太ぶととした釘を、打ち込んできたのだった。

水道も敷かれた、夜も明るくなった、医療の手も差し伸べられる——といっていても、彼らは少しも幸福とは感じない。反対に住みなれた大地での生活を一挙に取り上げられ、ことばまで捨てさせようとされて、いま彼らは死にかけているのだ。

保留地という名で、政府は何をリザーブしようというのか。

そこで日本人も考えなければならない。「殷《いん》鑑《かん》遠からず」と言う。日本はつい先ごろ朝鮮や台湾の人たちに日本語を教え、朝鮮では自分の氏名まで捨てよと「創氏改名」を迫った。

占領地の地名を変えることはいつも、どこの国もやってきた。突然で恐縮だが、わたしは「ウラジ・ヴォストーク」（東方を征服せよ）という地名がいつも気になって仕方ない。

しかしいま、過去の犯罪を摘発しても意味がない。これからの世界の平和のために、何よりも大切にすべきものは「ことば」だという、大きな示唆として老婆の言葉は重い。

そう思いながら、わたしはテレビをそっと消した。

戦争のなかった平成

二〇一八年暮、天皇陛下（当時）は御誕生日の記者会見で平成の御治世を振り返り、平成の時代が戦争のなかった時代として終わろうとしていると発言された。

国民の大多数は、このことばに驚倒《きょうとう》したのではないか。あのおびただしい戦地への行幸は「非戦の平成」を自ら守り抜こうとする、悲痛ともいえる覚悟のうえでの行幸だったことが、明らかにされたのだから。

これは一九四六年に施行された現平和憲法を持続することが、象徴としてのあり方だというお考えを示したものであった。

今回の太平洋戦争も、もとは日中事変に遡る。国際関係は事変一つ起こしても戦争につながりかねない。そのことを身にしみて学習された結果が、平時における戦争忌《き》避《ひ》、すなわち絶え間ない平和祈願となったのであろう。

しかし非戦憲法など、いくら立派でも理想にすぎないのか。そうではない。日本には前例がある。すでに書いたことと重複するが、お許しいただきたい。

六〇四（推古十二）年、聖徳太子は「和を以て貴しとなす」を第一条とする十七条憲法を制定した。この「和」とは他国と戦争しないことを意味した。

じつは当時、日本は長きにわたり何万もの軍を対新羅《しらぎ》戦に送りながら、戦いは泥沼化し、ついに前年二月に戦争を断念した。その終戦を『日本書紀』（同年七月六日）

は「遂に征討《う》つことをせず」と宣言する。

終戦宣言の原型である。そして太平洋戦争終戦の翌年に平和憲法が制定されたことも、新羅戦終戦翌年の十七条憲法の制定と、そっくり同じである。

聖徳憲法の第一条に平和の尊重が叫ばれているのに、現憲法で第九条となっているのは、先立って天皇規定を八カ条おいたからで、第一条条文の精神は不変である。

現憲法は、日本最古の憲法の精神をまっすぐに踏襲したといえるだろう。では太子は、軍備なくしてどう国を守ろうとしたのか。いや守ることなどできないと思う人は、じつは今日にも多い。その証拠に、明治時代に中江兆民《ちょうみん》という思想家もこれを問題にしている（『三酔人経綸《けいりん》問答』）。

ただ彼は残念ながら答えを出していない。ところが十七条憲法は第一条実現のための具体案を「篤《あつ》く（心から）三宝を敬え」と第二条に提言する。仏教をもって国際紛争を抑止せよと言うのだ。

しかし、そう言われても仏教でどうして戦争が防げるのかと、不審がる人もいよう。

これまた、太子には確信があった。

紀元前三世紀、アショカ王（阿育王）という大王がインドを統一したが、彼はそのために一〇万もの兵を殺した。そのことに気づいた王は翻然と軍事を停め、以後仏教を篤く信じて平和な一大国家を建設した。

大王のことは古代日本にもよく知られていて、王の逸話が『古事記』では倭建命《やまとたけるのみこと》の逸話になっていたり、王が各地に釈迦の塔を建てたのを真似て聖武《しょうむ》天皇が各国に国分寺を建てたりしている。

他でもない英明な聖徳太子は、アショカ王の政治を理想として十七条憲法を制定したのだった。

これほどまでに素晴らしい十七条憲法また聖徳太子自身は、後のちの政治家に絶えず尊崇され続けても当然だろう。藤原道長も太子の後継者だとされ（『栄華物語』）、藤原頼長《よりなが》も若き日に「政治を執《と》る暁には太子に学びたい」（『台記《たいき》』）と言う。源実朝《さねとも》も十七条憲法を見たいと願い、徳川家康が制定した法度《はっと》も体裁を十七条に真似る。

こう考えると今上陛下の覚悟は、歴史に学んだ十分に根拠ある平和への祈りだったことがわかる。

西暦なるものが宗教者キリストに由来するのと同様に、日本にも宗教を尊ぶ摂政・聖徳太子に由来する、目に見えない精神の暦があった。

その現時点に「戦争のない平成」があるとは、まことにみごとな歴史の継承であり、原点への回帰だと言うほかない。

秩序と諧調

十七条憲法（六〇四年成立）は、一四〇〇年にわたって歴代の政治家が関心を寄せたとなると、くわしく実体を知りたくなる。

そこで今回は有名な第一条を、少し見ておきたい。

聖徳太子はまず主文を「和を以て貴しと為《な》し、忤《さか》ふる事無きを宗《むね》とせよ」（和は貴い。仲良くすることを第一として争いごとを止めよ）と言うが、続いて解説文では逆に、「人みな党《たむら》あり。また達《さと》れる者少し。是《ここ》を以てあるいは君父に順《したが》はず、また隣里に違《たが》ふ」（人間はみんな仲間を作って集まり、それを悪いと思う人も少ない。だから家ごと地域ごとに、争いが絶えない）と言い切る。

主文とは全く反対なのは、彼がまず平凡な人びとの実情を認めて、話を切り出したからである。何しろ「憲法」――人間根本のルールを樹《た》てようというのだから、エリートばかりを見ていては何の役にも立たない。

そこで、民の実情に立って、自然に起こる醜い争いごとの解決方法を、次のように説き出す。

基本に必要なものは秩序。曰く「然《しか》れども上《かみ》和《やわ》らぎ下《しも》睦《むつ》びて」、上の者――年上でも上司でも、人柄でも親族でも、リーダーになるべき人がまず「和」の精神をもてば、下の者は自然に仲良くなる。

解決困難な大命題の「和」を捉む手段の第一として、太子は、その人がいれば集団の人が自然に仲良くなるような、換言すると自然に秩序をもたらすようなリーダーを望んだ。「和」の集団には、心のリーダーが必要なのだ。

そのうえで太子は重要な論点を切り出す。仲良くなった集団の中で「事を論《あげつら》ふに諧《かな》ふ」（事の議論が成熟する）ことが必要だ、と。

議論するとは仲間にハーモニー（諧調《かいちょう》）を作り出すことだという、断言の美しさ。わたしはこの原文の「諧」の字が大好きである。

ちなみに現代社会でもこんなことは可能なのか。儒教で重んじられた「善」という漢字は「美」と「言」の二字を合体させたものだ。だから議論とは美しいことばを尽くすことで、必ずハーモニアスになるはずなのだ。

太子はそれを期待した。そして最後、「諧」った時にどうなるか。

「則《すなわ》ち事の理《ことわり》おのづから通ふ。何事か成らざらむ」（事柄の道理は自ら明らかなので、どんなことも、できないことはない）

高らかな理念とその宣言といっていいだろう。この宣言こそ、「和が大事だ。だからもっとも大事なことは、争いごとをしないことだ」という美しい主文の、響きの湧き出る母体であった。

念のために、もう一度太子の論法をたどっておこう。

人間は仲間を作りたがり、知者とは意外に少ない。だから従来人びとはばらばらに生きてきた、という実情の把握。

しかし、リーダーが「和」の心をもって秩序を重んじると、集団者は自然に仲良くなり、議論を通して調和的な結果が出る。すると論理も自然に通っているから何事もできないことはない、という秩序と諧調の必要性。

そのうえで「平和を大切にせよ。争いごとのないことを、いつも弁《わきま》えよ」と断言したのが第一条だった。

第一条の美しさは、秩序と議論の諧調にあった。思いつきでも、やたらな理想論でもない。

こうして日本には立派な憲法がすでに七世紀の初めにあったのだから、歴代の天皇や政治家が手本にしたがったのは、当然だろう。

その中でも特に、あの凶刃に斃《たお》れた若き源実朝《さねとも》が、この憲法を知りたがったという逸話を、わたしは忘れがたい。彼の念願が叶ったのは承元四（一二一〇）年十月十五日（『吾妻鏡《あづまかがみ》』）。時に実朝十九歳、空しく生を終えたのは二十八歳。平和憲法とは程遠い暴力によってであった。

ともに凡夫のみ

聖徳太子の十七条憲法について、もう一つ語る事柄がある。

憲法第十条を初めて読んだ時、体が震えるぐらいに感動した。この条文の中から、

ともにこれ、凡夫のみ（人間はみんな凡人にすぎない）

という一文が鮮烈に目に飛び込んできたからである。

人間はみんな愚かだと考えれば何の争いも起こらないだろう、人びとは幸せに暮らしていける――そう太子は説くのだ。

改めて第十条の冒頭に戻ると、まず太子は、他人に対して〝怒ること〟を止めよ、と説き始める。

「忿《おこる》」（怒る気持ち）ことも「瞋《おこる》」（顔に出す怒り）こともいけない。

ところが怒りから紛争が始まる。

では人間はなぜ怒るのか。一人ひとり気持ちは百人百様だから、自分の気持ちに執着すると言い合いが始まる。

自分の判断こそ他人より正しいと思い込んでいるからだ。

しかしそれは正しくない。じっと、人間のことを考えてみよう。

我、必ずしも聖にあらず。彼、必ずしも愚《おろか》にあらず。ともにこれ、凡夫のみ。

さらに太子は続けて、だから「是非の理詎《ことわりあに》よく定むべけむや」（いい悪いがどうして判るか）と言い、

相共に賢愚《けんぐ》なること、鐶《みみかね》の端《はし》なきが如し（お互いに賢かったり、愚かだったりするのは耳輪に端のないようなものだ）

と説く。

みごとな論理の中で、われわれは納得しないわけにはいかない。

そこで話は最初に戻る。だから他人を怒る前に、凡人の自分に失敗がないかを考えよ、と。

だから、

我独《ひと》り得《え》たりといへども、衆に従ひて同じく挙《おこな》へ（自分一人だけが正しいと思う場合でも、みなと一緒に行動しなさい）。

これほど徹底的な独善性の否定が、個人はもとより、国家の政治には必要だという主張である。

そこには重要な指摘がある。

平等の主張。

「衆」と呼ばれる多数の民衆を尊重する民主主義。

その中でこそ第一条に説くところの「和」が、獲得できるではないか。

さて、凡夫の自覚を求める第十条の、国民に寄り添う精神が、第一条の「和」と対応することについては、じつは、重要な必然性がある。

全条文が十七であることは、中国の書物（『管子《かんし》』）に言う天道の九つと地道の八つを足した数にも通じる。

同じく中国の書物（『春秋元命苞《しゅんじゅうげんめいほう》』）に言う陽の数の九つと陰の数の八つを足した数

にも、一致する（岡田正之博士の説）。

十七とは天地陰陽の至高の数であった。天地の陰陽思想は当時日本でも信頼されていた哲学だから、国家基本の憲法の条数に一致させることは、天地の常道を正すことを意味する。

要するに、第十条とは、天地の九条をつぐ陰陽の八条を述べるべき、最初の第一条だった。

前後の各条が逐条的《ちくじょうてき》に対応するというのではないが、第十条にも根本理念が潜んでいたのである。

十七条憲法は作文の上にも、さまざまな中国古典の知恵が散りばめられている。壮麗な全古代アジア思想を十分な熟慮の下に取捨し、国家基本の思想を形成したのが、十七条憲法であった。

推古《すいこ》朝廷の多くの知識人が「太子親撰」の名の下に欣然《きんぜん》と集い、協力しあって建造した、平和思想の一大金字塔だったのではないか。

やっと歩み始めた国家規範の、天道にも地道にも、発端におかれたものが和の精神であり、それを支える「ともに凡夫」という、人間主義の立脚だった。

ちなみに彼ら知識人の多くは、戦禍にまみれる故国から日本へと流亡してきた、悲しみの人びとであった。

大岡、大坂を裁く

江戸時代の大疑獄事件に、辰巳屋騒動がある。

炭をあつかう豪商・辰巳屋久左衛門《くざえもん》が死に、後には唐金屋《からかねや》からもらった婿養子の乙《おと》之助《のすけ》と娘の伊波《いわ》が遺される。

当時大坂の豪商で理想とされたのは、婿養子を実の娘と結婚させて安泰な家業の継続をはかることだった。これもその典型の一つである。

ところが、乙之助は幼く先代急逝の後始末もできない。そこで久左衛門の弟で、すでに外へ出ていた木津屋吉兵衛が急遽かけつけて、無事跡を差配した。

しかし、突如、辰巳屋古参の手代たちがお上に吉兵衛を訴え出た。乙之助をないがしろにして辰巳屋をわがものとし、放蕩《ほうとう》にふけっている、と、乙之助の実家唐金屋が差し向けたのだった。

訴状を受けとった大坂の奉行は、商家の実情を知っているのであろう、吉兵衛を無罪とする。

しかしさらに唐金屋らは江戸幕府が設けた直訴の手段で、直々に将軍吉宗に再告訴する。

そこに登場するのが、数々の名裁きで有名な大岡越前守《おおおかえちぜんのかみ》。吉兵衛を贈賄《ぞうわい》をふくめて島流しとした（のちに多少の減刑がある）。

――という事件が朝井まかての『悪玉伝』によって小説化された。

では、この小説のおもしろさはどこにあるのだろう。

世上これを莫大な贈賄事件とする面もあるが、この小説の力点はそれではない。

わたしの見るところ、一度大坂の裁判で無罪――つまり正統と思われるものが、江戸奉行の裁判では有罪になるという、一種の、かけ違いの価値観が小説の中心ではないか。

天下に聞こえた名奉行であっても、江戸の大岡越前守が大事にしたものは婿養子の乙之助を正統に立てることで、その正統を妨げる吉兵衛は、いかに大功ありとも、認めるわけにはいかなかったのである。

反対に大坂の奉行が良しとしたものは、家業を絶やさなかった吉兵衛であった。

要するに二度の訴訟のお奉行の違いは、江戸が重んじた形式の正しさと、大坂が重んじた実効の大事さだった点にある。

ただ、大坂の婿養子制だって本来は、金持ちのぼんぼんが、後を継ぐに堪えなかったから、働き者でお家大事の手代を婿に迎えるという実効型のものであった。

血統の大事さを、実効のために、とうに捨てて、血統は娘にしかつながっていない。

だからやみくもに血統にこだわると、大坂の商業は代を重ねることが難しい。血統などさらりと捨てて、働き手の夫婦養子を後に据えるに越したことはない。

しかしそれは、あまりにも実効型に過ぎる。江戸のお武家方には通じようもない。

そこで、現地の事情に疎い江戸の奉行が血統大事となると、お裁きの筋が違ってくる。

それほどに江戸の奉行の論理は武家の形式論理で、大坂で敗れた訴訟を江戸にもち込んだ唐金屋の狙いは、ここにあったのではないか。

結局、江戸奉行が、大坂で敗訴となった訴えを、血統論理で勝訴にし直したのがこの事件だった。

ちなみにこれが拡大すれば、武家論理はさらに徹底して「直系の男子」にしか承継権がないという規定となり、ことごとく実効型を捨てかねない。

今日になお生きている「皇室典範《てんぱん》」は、この武家論理の名残であろう。

朝井が、乙之助を廃嫡《はいちゃく》まがいに描き、親の唐金屋が大坂を知らない江戸の、さらにお上の将軍に直訴して勝訴したという筋立てには、こうした大きな、上方と江戸との不自然な組み合わせの厳しい告発があるのでないか。

江戸の名奉行、大岡越前守は、大坂を裁き得たのか、否か。

詩心と哲学こそが国を強くする

●未来を見通す詩心

最近の国会を見ていると、日本の政治家はあまりにも抽象的なロゴス（概念、理論）に偏りすぎている。ロゴスだけが人間本来の特質ではない。本来、人間は暖かいパトス（感情）に突き動かされる存在である。パトスを忘れたロゴスなど、本末転倒と言わざるをえない。

そもそも生身の人間と対面して言葉を伝えるには限界があるため、人類は文字を発明した。対面者が目の前にいなくても思いを伝えられる文字が発明されたが、その結果、人間は言葉から肉体感覚を喪失していった。文字には何万人、何十万人に伝えられるメリットがあるものの、パトスを失ってしまうというデメリットがある。

政治家は紙に書かれたロゴスとしての文字をただ棒読みするのではなく、パトスをもって民衆に語りかけなければならないのではないだろうか。宗教者は民衆に向き合い、対話をしながら言葉を綴っていった。それと同じように、政治家が文字の中に肉体を復元しなければ、人びとに生きた言葉は伝わらない。

残念ながら政治家だけでなく、現代人からパトス＝感情の発露ともいうべき〝詩心〟と〝哲学〟は忘れ去られてしまっている。かつて人びとは、日常の中で当たり前のように叙事詩を語った。韻文で綴られたシェイクスピアの文学も、多くの人びとが尊んだものだ。詩の言葉こそが真実を語るための道具であったが、いつの間にか詩心と哲学は、一部の特殊な職業の人びとの言葉に矮小化《わいしょうか》されてしまった。現代人が使う日常の言語から、詩心がすっぽりと欠落してしまったのだ。「あなたの意見はまるで詩のようだ。もっと論理的に説明せよ」と、詩心をもつ人に軽蔑の言葉さえぶつけられる時代様相である。しかし、いったい詩心を忘れた論理というものに、何ほどの価値があるのだろうか。

現代人はまた、詩心とともに「未来から現在を照射する」という態度も忘れてしまった。ハタハタという魚は、自然現象の微妙な変化から雷が落ちることを予見できるそうだ。もうすぐ激しい雷雨が降ると予期すると、ハタハタは群れをなして一斉に移動を始める。ナマズも大きな地震が起こる予兆を感じると暴れ出すといわれる。当然、彼らが人間とは違う感知の幅の肉体をもっているからだが、人間から見ると彼らは未来に起きるであろうことを敏感に感じ取り、未来から現在を照らしているわけだ。

人間はどうだろうか。目に見える視覚に頼るあまり、未来の予兆を感じる感覚が鈍《どん》麻《ま》しているのではなかろうか。われわれは「現在を積み重ねた結果が未来である」と信じて疑わないが、時間軸をひっくり返してみると物事の見方は変わるものだ。ナマズやハタハタは「自然界の予言者」にしばしば喩《たと》えられるが、詩人もまた予言者のような側面をもっている。

平安時代の武士であり歌人でもあった西行《さいぎょう》もその例だ。彼は恵まれた環境を捨てて、なぜ出家したのか。「失恋したからだ」「時代が乱世になり、世を儚《はかな》んだからだ」など諸説あるが、いずれも違う。西行が出家した一一四〇年は平和な時代であり、栄華を極めた平清盛《たいらのきよもり》が失脚して世の中が騒がしくなったのは晩年の鎌倉初期である。詩人である西行は、やがてやって来るであろう戦乱の予兆を感じ、出家したのではなかろうかとわたしは考える。

また、奈良時代を生きた大伴《おおとも》家《やか》持《もち》という歌人も、時代を鋭く見通し、後世に残る『万葉集』を編んだ。家持は、遠い未来を見据え、世の中の深層を探った稀有《けう》な詩人である。世紀を超えて残る数々の歌には、時代を透徹する深いまなざしと現代に通じる響きがある。現代人は詩の力を過小評価するが、詩が未来性に富んだ輝かしい言語であることは間違いない。

●「和を以て貴しとなす」聖徳太子の平和憲法

日本が世界に誇る平和憲法。その淵源《えんげん》はあまり知られていないが、聖徳太子の時代にまで遡《さかのぼ》ることができる。六〇四年、聖徳《しょうとく》太子《たいし》は十七条の憲法を作った。この憲法の第一条には「以和為貴」（和を以《もっ》て貴《とうと》しとなす）とある。第二条では「三宝（仏教）を篤く敬え」と明記し、仏教の平和思想の大切さを強調した。じつは、この憲法が発表される前年まで、日本と朝鮮半島の新羅《しらぎ》は泥沼の戦争状態にあった。日本は新羅に負け続け、多くの兵士を失った結果、聖徳太子がようやく六〇三年に停戦を宣言する。そして翌年に十七条の憲法を作り、第一条で高らかに平和の精神を謳《うた》い上げたのだ。

奇しくも一九四五年に太平洋戦争に負けた日本は、翌一九四六年に日本国憲法を公布した（施行は一九四七年）。終戦宣言してすぐに平和憲法を作った構図は、聖徳太子の時代とまったく同じである。まさに十七条の憲法は、一三五〇年近くあとにできた日本国憲法の大きな先駆けだったのである。

しかし、十七条の憲法ができてからわずか六〇年後の六六三年、日本は再び兵士の大群を朝鮮半島に送る。これが有名な白村江《はくすきのえ》の戦いだ。時の斉明《さいめい》女帝は前線に大本営を移し、怪死を遂げたといわれる。おそらく厭戦《えんせん》派《は》に暗殺されたのだろう。兵は白村江の地で、無残にも全滅。平和憲法が作られてからわずか六〇年後に、日本が平和を捨てて、再び戦争に突入したこの歴史を知る人もまた少ない。

それから約一〇〇年後が、万葉集編纂の最後の時代にあたる。平和を尊び、天皇からも重用されていた大伴家持の歌が、奈良朝末期の朝廷では、発表のチャンスすら失うなど、表舞台から遠ざけられていく。時代は再び戦の世紀へと歩みを進め、平和への願いを託す和歌の時がついに終焉《しゅうえん》を迎えたのだ。じつはそのころ、彗星《すいせい》の如く現れた恵美押勝《えみのおしかつ》（藤原仲麻呂《ふじわらのなかまろ》）の革命的な政治が始まったからである。

頭脳明晰《めいせき》で政治手腕にも長けた押勝は、中国の渤海と手を組み、新羅を挟み撃ちにして滅ぼそうと策略を立てる。たとえば、七六一年には約四〇〇隻の軍艦、三万の兵を準備し、大戦争を起こそうとした。しかし、危うく兵隊が派遣されそうになったとき、太上天皇《だいじょう》（後継に譲位後の天皇）となっていた女帝・孝謙天皇が戦争を止めた。

孝謙《こうけん》天皇は押勝の傀儡《かいらい》となっていた淳仁《じゅんにん》天皇のもとへ乗りこみ、「お前に任せていた仕事を半分分けにする」と言って、権力の象徴である太政官印《だいじょうかんいん》を取り上げてしまう。

押勝はついに三年後に謀反によって殺されてしまい、押勝を討ち、のちに重祚《ちょうそ》（退位した天皇が再び即位すること）した孝謙天皇が、称徳《しょうとく》天皇としての一時代を築いた。

女性天皇であった孝謙天皇は、まさに内憂外患の最中、諸刃の剣のように際どい橋を渡りながら諸外国との平和工作に努めた。もし押勝が朝敵として討たれなければ、日本は新羅との戦争を始め、白村江の戦いと同じように再び大きな犠牲を出したに違いない。「力には力を」という論理で近隣諸国と対峙する軍事大国志向は、必ず破滅へとつながるものだ。力の論理を克服し、当時の国家的危機を救ったのは、女性が生来より持ち合わせている平和を願うパトスであったという見方もできるかもしれない。

戦争の論理は、いとも簡単に人間を道具や手段としてしまう。むやみに戦争を始めて負ければ、敗戦国の国民が次の戦争のための消費材料として使われることは、過去の歴史が証明している。戦時において最も危険な最前線に立つのは、本国の兵隊だけではない。たとえば新羅は同じ朝鮮半島の小国・伽耶《かや》を滅ぼしたあと、百済《くだら》や高句麗《こうくり》と戦った。その際、第一線に立たせたのが、伽耶の移民たちであった。征服した国の人間を最も危険な戦場に立たせ、征服王朝は安全地帯に身を置いて甘い汁を吸うのである。

鎌倉時代中期の元寇《げんこう》のときも、第一線となった博多湾の戦場で犠牲になった者の多くは、朝鮮半島の兵士たちであった。元は朝鮮を攻めて征服したあと、朝鮮の人びとを「日本を攻める第一線の消費兵力となれ」と戦地に送りこんだのである。さらには、太平洋戦争末期に地上戦が行われた沖縄でも、日系アメリカ人が兵隊として参加している。沖縄を舞台とし、日本人同士で殺し合うというむごい戦いが展開された。まさに、人間を単なる消費材料と見なす恐ろしい戦争の論理である。そして、いままでも日本はアメリカ軍の日本駐留に年間約六〇〇〇億円の国費を割いている。アメリカによって国を救われた韓国のそれは約五分の一である。

戦場で弾が飛んでくれれば、人間の良心といえど一遍に消し飛んでしまう。だからこそ、わたしたちは戦争という愚かな手段を選ばず、より大きな良心に訴えかけて近隣諸国とつきあっていかなければならない。戦争の論理に与することなく、「以和為貴」という十七条の憲法の精神、詩心の哲学に常に立ち返るべきなのである。

●孟子の平和思想と中江兆民の人生問答

江戸時代の儒者・山田方谷《ほうこく》の『理財論』によると、戦国時代の中国に、二つの大国に挟まれたある小国があった。大国に征服されることを怖れたその国の大臣は、儒学者・孟子《もうし》のもとへ「先生、わたしの小さな国は大国に囲まれています。わたしの国が生き残るためにはどうしたらいいでしょう」と相談に行ったという。すると孟子はこう答えた。「ひたすらに善をなせ」。大臣は驚いて唖然《あぜん》とした。

攻められることを怖れて小国が軍備を拡張したところで、大国から攻められれば小国に勝ち目はない。小国はいずれ征服され、属国になってしまうかもしれない。だとしても、「善をなすことが最も大事なのだ」という教訓を体得した人たちが国に残れば、たとえ一時的に大きな不利益を被ったとしても、いつか後に続く人たちが必ず国を復興させてくれる。

逆に「何があろうと自分たちは善をなす」という強い意志がなければ、どんなに良い条件を与えられても国が再び栄えることはない、という教訓である。そして、「平和主義に基づいた確かな教育こそが、最も強力な軍備である」と孟子は言いたかったのではないだろうか。日本国憲法制定に尽力した幣原《しではら》喜重郎《きじゅうろう》総理など、かつては孟子と同じく、平和主義と教育こそが日本を復興させる、と知る政治家も多くいた。現代の政治家たちもそうあってほしい。

また、明治二十年（一八八七年）、思想家の中江兆民《なかえちょうみん》は『三酔人経綸問答《さんすいじんけいりんもんどう》』という本を書いている。議論好きの「南海先生」のもとへ、平和主義者の「洋学紳士」と戦争主義者の「豪傑君《ごうけつくん》」がやって来る。「豪傑君」は他国から攻められたらどうするのか。日本も外国へ攻め入って版図を拡大すべきだと主張する。一方、「洋学紳士」は、もしどこかから攻めて来られても、ただ負ければいいと言う。戦いに一時的に負けることがあっても、平和工作に徹する国は最後には必ず勝つ、と「洋学紳士」は考えるのである。明治二十年に書かれたこの本は、今日でもまったく色褪せていない。好戦的な軍人は、自分たちの使命観にかられるあまりに、永続的に発展していくための国づくりなど考えてはいないものだ。ここには現代にも通じる、深い戒めがあると思えてならない。

●千利休の侘び寂び　歌人政治の醍醐味

以前、わたしは忠臣蔵《ちゅうしんぐら》を扱うテレビ番組に出演したことがある。「忠臣蔵は、人情を重んじる精神を描いた優れた作品であり、歌舞伎の当たり狂言だ。日本人の情を世界に発信していくべきだと思う」とわたしが言ったところ、同席の学者がこんなことを言った。「中西さん、そんなこと言ったっていまはアメリカン・スタンダードのグローバリズムの時代ですよ。そういう時代に情なんて言ったところで、世界には通じませんよ」。アメリカが言っていることが正しい。グローバリズムこそが正義だ、と金科玉条《きんかぎょくじょう》の如く崇める意見を聞きながら失望したものだ。

古くからある日本の文化が、時代遅れで世界にまったく通用しないということはないだろう。わたしはむしろ、現代日本人の日本理解があまりにも浅薄なことに危惧を抱くのである。たとえば、千利休が追究した侘茶《わびちゃ》の精神、侘びという概念は日本独特だ。豊臣秀吉は華美な大名茶を好んだが、千利休は「ちょっと待て。人間性を取り戻すべきではないか」と大名茶にクレームをつけ、秀吉に対抗する茶を追究した。

茶室の近くで手を洗う場所は「蹲踞《つくばい》」と呼ばれる。ここは一段低く設置されており、どんな身分の人でも這いつくばるような姿勢で手を洗う。茶室の入り口は「にじり口」と呼ばれ、ここに入るときは頭を低く下げてにじり寄らなければならない。膝をついて歩く膝行《しっこう》も同じ、身分が高くとも這いつくばって茶の湯と対峙する精神が、侘茶を形成するのである。

十二世紀以降の武家文化の影響で、日本語には「陣取る」「陣立て」「旗色が悪い」など戦争由来の言葉が多くあるが、茶の世界で使われる言葉は、武家文化が好んだ戦争用語とは対照的だ。

また、侘び寂びの「寂び」とは「損耗《そんもう》」を意味し、ありのままの人間に価値を置くとされる。たとえば、鉄は本来、酸素に弱く、手入れを怠るとすぐに錆びてしまう。特殊な叩き、焼きという人工的作用を加えた結果、鉄は高い殺傷能力をもった武器に変わる。利休は、この鉄本来の錆びた姿に価値を見出す。虚飾をすべて取り払い、捨ててしまう。それでも残る人間の命に価値があると利休は考え、侘びと寂びの精神を残したのである。さらにいえば、利休の思想の底流には「人間は生老病死の四苦から逃れることはできない。それでも生きる価値があるのだ」という仏教思想がある。侘茶の精神は、人間を本来あるべき原点へと回帰させる深い哲学に根差した思想なのである。

こんな笑い話がある。平安時代に、ある太政大臣が調理場に入ってみた。すると「とんでもないお偉いさんがやって来た」と皆が恐れをなして逃げてしまった。今度は服装を替え、粗末な着物で出かけてみると「お前なんかがここに来ては駄目だ。すぐに出て行け」と追い出されてしまったという。太政大臣は「わたしが偉いのではない。この着物が偉いのだ」と気づき、着物を立てかけて「着物様、お偉うございます」と言ったというのだ。風呂に入って裸になれば、武士だろうが町人だろうが同じ人間である。人間の価値とは、身にまとったものや身分で決まるものではないという教訓である。

このような優れた哲学や思想が、日本の古い文化の中には随所に織りこまれている。インド発祥の仏教は、中国や韓国を経由しながら豊かな文化と共に日本へやって来た。日本は西方からやって来た文化を否定せず、あらゆるものを受け取ってさらに発展させてきた歴史をもつ。いわば、アジア文明の最終到達地点が日本である。日本はアジアの文明をすべて受け取って拒否せず、たくましい創造性を発揮して発展させてきた。その日本文明が、アメリカ型グローバリズムより劣っているという見立ては明らかに誤りである。

アジアの文明は相互交換的に国境を超えて還流し、最終的に日本で完成したといえるのではないだろうか。そして、その日本の伝統と文明を大切にすることは、中国や韓国、アジア全体を大切にすることにつながっていくのである。

詩心や哲学は、学問と優れた政治の根幹をなす。ギリシャでは哲学を知らない政治家がソクラテスを弾圧し、処刑してしまった。ソクラテスの弟子であり、知を愛する「愛知」の人プラトンは、「詩心と哲学こそが政治家に必要だ」と考え、アカデメイア（大学）を作って哲人政治を生み出した。『文選《もんぜん》』をはじめとする古典を重んじる中国では、文人政治が発展している。日本の天皇は『古今和歌集』をはじめとする勅撰集《ちょくせんしゅう》を数多く作り、天皇や皇族は今日に至るまで詩心を重んじてきた。朝廷政治もまた詩心を重視し、かつての日本は「歌人政治」に努めてきたのである。

哲人政治、文人政治、歌人政治は世界の三大政治であろう。日本は歴史を通じてそのうちの一つを大切にしてきた。この歴史に思いを致し、日本の政治家はいまこそ詩心と哲学の大切さを自覚してほしい。武力に頼る大国主義ではなく、哲学の力、文学の力、詩の力こそがこの国を最も強くするのだ。

［初出］
月刊『潮』二〇一六年一月号～二〇一九年六月号連載「こころを聴く」
二〇〇二年十月号「花鳥の日本と中国」
二〇〇五年十二月号「『人間力』を高め〝時分の花〟を咲かせよ」
二〇〇八年五月号「日本人の地下水脈『万葉の心』に学ぶ」
二〇一五年八月号「詩心と哲学こそが国を強くする」
右を再構成し、加筆・修正を加えた。

中西 進 なかにし・すすむ

国文学者、国際日本文化研究センター名誉教授。一九二九年、東京都生まれ。東京大学文学部卒業。同大学院修了、文学博士。筑波大学教授、大阪女子大学長、京都市立芸術大学長、帝塚山学院理事長・学院長、池坊短期大学長、日本学術会議会員などを歴任。宮中歌会始召人。日本学士院賞（一九七〇年）、瑞宝重光章（二〇〇五年）、文化勲章（二〇一三年）。日本比較文学会長、東アジア比較文化国際会議創始会長、日本ペンクラブ副会長ほかを務め、現在、全国大学国語国文学会長など。海外でも在中国日本学中心教授、アメリカ・プリンストン大学、ブラジル・サンパウロ大学ほか客員教授、インド・ナーランダ大学復興に賢人会議またボードのメンバーとして貢献した（二〇〇七〜一七年）。著書『万葉集の比較文学的研究』（読売文学賞・日本学士院賞）、『万葉と海彼』（和辻哲郎文化賞）、『源氏物語と白楽天』（大佛次郎賞）、『万葉みらい塾』（菊池寛賞）、『災害と生きる日本人』（共著）など多数。

潮新書 024

令《うるわ》しく平和に生きるために

2019年 6月5日 初版発行

著 者｜ 中西 進
発行者｜ 南 晋三
発行所｜ 株式会社潮出版社
〒102-8110
東京都千代田区一番町6 一番町SQUARE
電話 ■ 03-3230-0781（編集）
■ 03-3230-0741（営業）
振替口座 ■ 00150-5-61090

印刷・製本｜ 中央精版印刷株式会社
ブックデザイン｜ Malpu Design

ISBN978-4-267-02192-3